*La porte*

*du*

# 不归路之门

*voyage*

*sans*

*retour*

David Diop

〔法〕达维德·迪奥普 著

高方 陶沙 译

人民文学出版社

PEOPLE'S LITERATURE PUBLISHING HOUSE

著作权合同登记号 图字 01-2024-0863

**图书在版编目 (CIP) 数据**

不归路之门 /（法）达维德·迪奥普著；高方，陶沙译 .
-- 北京：人民文学出版社，2024
ISBN 978-7-02-018645-7

Ⅰ．①不… Ⅱ．①达… ②高… ③陶… Ⅲ．①长篇小说
—法国—现代 Ⅳ．① I565.45

中国国家版本馆 CIP 数据核字（2024）第 084209 号

责任编辑　朱卫净　　何炜宏
封面设计　钱　珺

出版发行　人民文学出版社
社　　址　北京市朝内大街166号
邮政编码　100705

印　　刷　山东新华印务有限公司
经　　销　全国新华书店等

字　　数　120千字
开　　本　850毫米×1092毫米　1/32
印　　张　7.875　插页 2
版　　次　2024年6月北京第1版
印　　次　2024年6月第1次印刷

书　　号　978-7-02-018645-7
定　　价　49.00元

如有印装质量问题，请与本社图书销售中心调换。电话：010-65233595

献给我的妻子：有些话语只为你和你丝滑的笑容而编织。

献给我心爱的孩子们，献给他们的梦。

献给我的父母，智慧的使者。

尤丽狄茜——你不再紧握我的手了!

什么?你逃避自己曾如此珍视的目光!

格鲁克,《奥菲欧与尤丽狄茜》。

剧本由皮埃尔-路易·莫林从德语译成法语,

一七七四年八月二日在巴黎王宫剧院首演。

# 1

　　米歇尔·阿当松[1]在女儿的注视下慢慢死去。他的
身体已干涸，口渴难耐。钙化的关节僵硬如贝壳，再也
舒展不开。它们像扭曲的藤蔓，默默地折磨他。他确信
听到自己的器官一个接一个衰竭。身体内部的撕裂声向
他宣告生命的终结，在他脑中发出细微的噼啪声，仿佛
五十多年前的那个傍晚，他在塞内加尔河畔点燃的丛林
之火。他不得不赶紧躲进独木舟，在"河流之主"黑人
水手的陪同下，凝视整座森林熊熊燃烧。

　　沙漠枣树，沃洛夫语叫 sump，被火焰劈开，黄色、
红色、带偏光的蓝色的火花，像地狱的苍蝇一样在它们

---

[1]　米歇尔·阿当松（Michel Adanson, 1727—1806），法国植物学家，曾
前往塞内加尔研究动植物。他设计了一种基于物理特征的动植物分类及
命名方法，建议采用动植物的本土名字，强烈反对林奈的拉丁语人工
体系。

周围飞舞。棕榈树冠被点燃，冒着烟，悄无声息地径直倒下，巨大的树根被禁锢在地下。在河边，吸饱水的红树林沸腾了，然后嘶嘶作响地裂成碎片。更远处的地平线上，在猩红的天空下，大火不断蔓延，吸干金合欢、腰果树、乌木树和桉树的汁液，受惊的丛林居民呜咽着逃离了家园。大大小小的麝香鼠、野兔、瞪羚、蜥蜴、猛兽、蛇纷纷沉入黑暗的河水，宁可淹死也不愿被活活烧死。动物无序地跳入河里，扰乱了火光在水面上的倒影。水声汩汩，涟漪阵阵，淹没一切。

　　米歇尔·阿当松不认为那晚他听到了森林的哀吟。但当身体内部的火焰吞噬着他，如同曾照亮他独木舟的大火的时候，他怀疑，被焚烧的树木一定在用植物的语言大声诅咒，而人是听不见的。他想大声喊叫，但任何声音都无法穿透他麻木的下颌。

　　老人思绪万千。他并不畏惧死亡，只是惋惜自己的死对科学无益。他那在大敌面前退却的身体迸发出最后的忠诚，为他的节节败退提供了几乎无法觉察的弥留之时。临死前依然有条不紊的米歇尔·阿当松后悔不能在他的笔记中描述这场决战的失败。如果他有法子开口，阿格莱亚本可以充当他的临终秘书。现在，想要讲述自己的死亡，为时已晚。

　　但愿阿格莱亚能发现他的笔记！为何不在遗嘱中把笔记留给她？他不应像害怕上帝的审判那样害怕女儿的评价。当我们通过朝向另一个世界的大门时，羞耻心可不会越过门槛。

　　他醒悟得很晚，某一天，他想明白了，他的植物学研究、植物标本、贝壳收藏、图画，都会跟随他从大地上消失。在人类世代更替、永恒轮回的浪潮中，会有一位无情的男性或是女性植物学家，把他埋葬在古老且过时的科学流沙之下。因此，最重要的是以真实的面貌出现在阿格莱亚的记忆中，而不是像一个学者的幽灵那样虚无缥缈。他在一八○六年一月二十六日这天恍然大悟。恰好是他死亡开始前的六个月七天零九个小时。

　　那天，上午十一点左右，他感到自己的股骨在大腿深处断裂。一声闷响，他险些无缘无故地一头栽进壁炉。要不是亨利夫妇抓住了他的睡衣袖子，这一摔可能会让他伤到别的地方，也许会把脸烧坏。他们让他躺在床上，然后分头去找人帮忙。亨利夫妇在巴黎的街道上奔走时，他挣扎着用左脚跟用力压住右脚掌，以伸展他的伤腿，直到断裂的股骨重新复位。他痛得昏了过去。在外科医生到达前，他醒了过来，满脑子都是阿格莱亚。

他不配得到女儿的钦佩。在此之前，他生命的唯一目标，是他的《博物圈》①，这部百科全书式的杰作将把他带往植物学的顶峰。追求荣誉、获得同行的认可和全欧洲博物学界的尊重，这些都只是贪图虚名。他耗费了自己的日日夜夜，呕心沥血，详细描述了近十万种植物、贝壳和动物的"存在"。但不得不承认，如果没有人类智慧赋予其意义，地球上将一无所有。通过为阿格莱亚写下这一切，他将意义赋予自己的生命。

早在九个月前，他的朋友克劳德-弗朗索瓦·勒乔扬不经意间触动了他的心灵，受此影响，悔恨开始折磨他。在此之前，懊悔的情绪不过像泥塘底部的气泡，毫无征兆地从水面的这里或那里冒出，尽管他的头脑已经设置了陷阱来遏制它们。在卧床休养期间，他终于成功地支配了它们，把它们禁锢在文字中。感谢上帝，他的记忆有序地呈现在笔记本中，像念珠一样被串连起来。

这项活动使他流了不少眼泪，亨利夫妇将此归咎于

---

① *Orbe universel.*

他的伤腿。他由着他们这么想，任凭他们自作主张地为他搞来葡萄酒，用每天一品脱半的沙布利酒取代他过去喝的糖水。但酒精带来的醉意并没有缓解伴随写作而来的愈发痛苦的回忆，他对那个几乎记不起长相的年轻女子的狂热的爱。她的容颜身姿仿佛已在遗忘的地狱中烟消云散。如何用简单的言语表达五十年前见到她时的激动心情？他费尽心思，想用文字原原本本地重现。这是他与死亡的第一场战斗。在死亡最终追上他之前，他曾以为自己赢了。当死神找到他时，他幸运地完成了对非洲回忆的书写。水声汩汩，心潮澎湃，死而复生。

## 2

阿格莱亚看着父亲死去。床头柜上立着一支蜡烛，烛光下是一张带假抽屉的小矮床。他越来越虚弱，在走向人生终点的这张痛苦的床上，他的身体只剩下小小一团。他很瘦，像柴火一样干瘪。在临终的谵妄中，瘦骨嶙峋的四肢狂乱地将束缚他的被单顶起，仿佛被单有了独立的生命。仅有硕大的头颅从洪流般吞噬他可怜身躯的布料中露出来，孤零零地靠在被汗液浸湿的枕头上。

他曾拥有一头深红色的长发，用黑色天鹅绒丝带将头发在脑后扎成发髻；春天来临，他会穿上节日盛装，去寄宿学校接她，带她去皇家花园。可现在，他的头发掉完了。床头柜上烛光摇曳，颅顶上的白色绒毛遮不住薄皮肤下一条条暴起的青筋。

他深陷在眼眶里的双眼，在杂乱的灰白眉毛下几乎看不见了。它们正在熄灭，与他临终时的其他迹象相比，这一点更让阿格莱亚接受不了。因为眼睛是父亲的生命。他曾用它们观察了成千上万的植物和动物的微小细节，猜测它们充满汁液或血液的叶脉和血管里蜿蜒流淌的秘密。

这种穿透生命奥秘的能力是他通过连续数天注视标本而获得的。当他抬眼看你时，他的目光仍具有这种能力。他从里到外地探查你，连你最隐秘、最细微的想法都会被他看到。你不仅是上帝的一件作品，而且成了宏伟宇宙整体中的一个必要环节。他那习惯于追踪无限细微的眼睛，将你悬于无限大处，仿佛你是一颗从天上掉落的星星，本以为丢失了坐标，却在其他数十亿颗星星旁边找回了位置。

现在，他父亲的目光被痛苦锁上了，再也讲不出故事。

阿格莱亚不在乎他身上刺鼻的汗味，向他靠拢，就像靠近一朵枯萎得厉害的花。他试图和她说话。她密切注视着他嘴唇的移动，他扭曲的嘴唇发出一连串含糊不清的音节。他抿了抿嘴唇，然后一声喘息从中滑过。起初她以为他说的是"妈妈"，但实际上是"玛，阿哈姆"或"玛哈姆"之类的词。他一遍又一遍地重复，直到最后。玛哈姆。

# 3

　　如果说阿格莱亚对某个她本该十分尊重的人深感憎恶，那个人就是克劳德-弗朗索瓦·勒乔扬。在米歇尔·阿当松死后不到三周，他发表了一篇充满谎言的讣告。这个以她父亲朋友自居的人，声称阿当松在生命最后的六个月里只有仆人陪伴左右。他怎么能这么写？

　　亨利夫妇一告知她父亲快不行了，她就急忙离开了在波旁内的庄园。至于克劳德-弗朗索瓦·勒乔扬，在父亲生命垂落的漫长日子里，她没有看到他出现。她也没有在葬礼上见过此人。但这个男人竟擅自描述了米歇尔·阿当松最后的日子，好像他在场似的。她最初以为是亨利夫妇不怀好意地向勒乔扬通报消息。但一想到他们为了不打扰悲痛中的她，只能抑住抽噎，默默落泪，她不禁后悔对他们起了疑心。

　　这篇讣告她从头到尾一口气读下来。她焦急地在每一页上寻找着毫无踪迹的善意，自取其辱。不，勒乔扬从未在冬夜撞见她父亲蹲在清冷的壁炉前，借着火苗的微光在地板上写字，身体被冻僵。不，她没有让父亲陷入只能靠咖啡掺奶度日的潦倒境地。不，米歇尔·阿当松并不像此人随意编造的那样，没有女儿陪伴，独自面对死亡。

　　这篇讣告欲在哀悼里埋进无法弥补的公然羞辱，让她有口难辩。反驳她父亲这个所谓的朋友的影射是不可能的。她可能永远都没机会让他交代他的恶意。也许这样反而更好。

　　他父亲临终前的最后一句话是"玛，阿哈姆"或"玛哈姆"，而不是勒乔扬在他可恶的讣告中杜撰的那句俗气可笑的："永别了，不朽不属于这个世界。"

4

还是小姑娘时，阿格莱亚最大的幸福就是父亲每个月带她去一次皇家花园。在那里，父亲向她展示植物的生命奥秘。他介绍了五十八种科属的花朵，在显微镜下，每朵花都与众不同。对大自然奇花异草的偏爱打破了他刻板外表下的行事法则，赢得了她的心。他们俩经常一大早跑到皇家花园巨型温室旁的小路上，手里拿着表。木槿花尽管品种各异，都会在天亮时分准时绽放，那个时刻令人惊叹。从那时起，她掌握了连续数日弯腰观察花朵的技巧，以窥探它们短暂生命的奥秘。

在他生命的最后阶段，他们的关系再次亲密起来，反而令她更加心存遗憾，因为她并不了解真正的米歇尔·阿当松。在他股骨骨折和摔倒之前，她来胜利街探望他，发现他总是蹲着，膝盖挨着下巴，把双手伸进温室里黑色的土壤中。这间温室建在他巴黎小花园的最里面。他每次迎接她时都说同样的话，仿佛要让这些话语成为传奇。他不坐凳子或扶手椅，就这么蹲着，这是他在塞内加尔五年时间里养成的习惯。她后来也尝试过蹲着休息，尽管这个姿势对她来说不太优雅。他在她面前重复这个动作，仿佛老者执着于最久远的记忆，也许，他也乐于在她的眼中重新读到她在孩提时期对父亲生活的想象，罕有的几次，他给她讲述非洲旅行的片段。

阿格莱亚真心感到惊讶，父亲重复的话语竟能在她脑海中创造出迥异的图像。他不厌其烦地用相同的词汇在女儿眼前勾勒出自己年轻时田园诗般的画面。时而，她会想象青年时代的他，躺在热沙堆成的摇篮里，四周都是黑人，他们在名叫木棉的大树树荫下休憩。时而，她看到他被同一群穿得花花绿绿的黑人围着，一起躲在猴面包树巨大的树洞里抵御非洲的炎热。

一些充满魔力的词语，诸如"沙子""木棉树""塞内加尔河""猴面包树"，不断激活她的想象，记忆重现，在某一时刻，拉近了他们的距离。对于阿格莱亚而言，这还不足以弥补他们因彼此逃避而浪费的时间。他抽不出一分钟来给她。而她，则要报复自己感知到的爱的缺失。

十六岁时，她和母亲前往英国旅居一年，米歇尔·阿当松一封信都没有给她寄。他自愿成为哲学家时代百科全书梦想的囚徒，他没时间写信。狄德罗和达朗贝尔，或者后来的庞库克①，他们身边围绕着上百个合作者，而她的父亲拒绝除自己以外的其他人参与编写著作中成千上万的条目。他认为自己何时才能解开这千头万绪呢？它们隐藏在这世界无限的纷乱中，通过错综复杂的亲缘关系而彼此相连。

在结婚那年，他就开始计算完成百科全书所需的漫长时间。乐观估计，如果他在七十五岁时去世，他还有三十三年时间。按照平均每天工作十五小时计，一共有十八万零六百七十五小时的有效时间。从那一刻起，他觉得给予妻子和女儿的每一分钟似乎都会拖延他的工作，让这项工程无法完成。

因此，阿格莱亚找寻另一个父亲，她在母亲的情人吉拉尔·德·布松身上找到了。如果造物主能让他和米歇尔·阿当松合二为一，在她看来，那将是个完美的

① 德尼·狄德罗（Denis Diderot, 1713—1784）、让·勒朗·达朗贝尔（Jean le Rond d'Alembert, 1717—1783）、夏尔-约瑟夫·庞库克（Charles-Joseph Panckoucke, 1736—1798）都是《百科全书》的编订者。

结合。

　　她母亲可能也是这么想的。让娜·贝纳尔比米歇尔·阿当松小得多，她虽一直爱着自己的丈夫，却希望和他分开。她的丈夫在公证员面前坦言，他不可能把时间给予家庭。这些真诚而残酷的话语使让娜痛苦，出于怨恨，她把这番话告诉了年仅九岁的女儿。很小的时候，阿格莱亚就知道父亲写了一本名为《植物家族》的书，她充满苦涩地对自己说，植物确实是父亲唯一的家人。

　　米歇尔·阿当松身材瘦小，安托万·吉拉尔·德·布松则又高又壮。前者在社交中会陡然变得沉默寡言，惹人讨厌，而后者善于交际，性格开朗，在她父母离婚后，收留她们母女住在其私人宅邸，被她亲切地称为"先生"。

　　吉拉尔·德·布松洞悉人心，他没有试图取代米歇尔·阿当松在阿格莱亚孩童和少女时期心目中的位置，甚至还执意助力推动他天方夜谭般的出版计划，尽管这位愤世嫉俗的学者经常不客气地拒绝他的好意。

　　米歇尔·阿当松似乎从不关心她的婚姻和自己的孙辈，吉拉尔·德·布松则恰恰相反，他竭尽全力让她开心。他为她两次不幸的婚姻提供了嫁妆，在一七九八年还为她买下了巴莱纳城堡。然而，她时常莫名其妙地怨恨他，使他吃了不少苦头。吉拉尔·德·布松耐心地忍受她的尖刻和不公。她待他如此之差，他反而还显得颇为高兴，没有子嗣的他仿佛在她的任性和怒气中看见了些许孝心。

她母亲坚持让她嫁给一个名叫约瑟夫·德·莱比纳斯的军官，想用女儿的婚姻来洗刷自己离婚的耻辱。新婚之夜，这位军官妄想用暴力夺走她的处子之身。他们回到洞房时，这个男人让她产生了无可救药的厌恶。他喉咙发紧，以为她会和他一样兴奋，他在她耳边用拉丁语低语，说想像野兽一样占有她。比起用教会使用的拉丁语承认其露骨的欲望，更让她感到震惊的是，他试图用粗暴的方式向她发泄自己的激情。不过，他最终为自己的暴行而后悔，她为了自卫，对他大打出手。约瑟夫·德·莱比纳斯成了夜间的飞蛾，为了隐藏右眼周围的青肿，整整一周没有出门。不到一个月，她顺利地和他离了婚。

和让-巴蒂斯特·杜梅在一起并没有让阿格莱亚更幸福。他曾是龙骑兵少尉，在塞特成为一名商人。第二任丈夫唯一的优点是严格遵循无爱生育的规则，让她生了两个儿子。他在爱情方面品位独特，却并未用在她身上。或许他把爱都留给了露水情人？结婚后没多久，他就懒得向她隐瞒了。

她担心自己将永远得不到幸福。爱情的甜蜜只能来自文学，这种想法让她感到悲伤。尽管她已经到了不会被爱情的幻想冲昏头脑的年纪，尽管经历了两次失败的婚姻，但她依旧期望能找到让她一见钟情的男人。对爱情的信仰使她对自己感到愤怒。她就像那些无神论者，害怕在临终时屈服于信仰上帝的诱惑。她诅咒爱神，却从未能完全背弃他。

因此，当目睹她悲伤忧郁的吉拉尔·德·布松向她宣布购买了巴莱纳城堡并计划在一个月后来看她时，她又恢复了生气。在见到这座城堡之前，她就认为这将是指引她人生的罗盘。人和动植物将在那里和谐地生活。巴莱纳将是她个人的黄金时代，是一部只能由她自己阅读的私人杰作。只有她，能从父亲的最终安排中解读出他所倾注的多重希望和巨大热情。她也会珍惜他的幻灭和失意。

## 5

巴莱纳城堡位于波旁内地区的边缘，离穆兰镇不远，毗邻阿利耶河畔新城一座住户不到七百人的小村庄。吉拉尔·德·布松第一次带她去的时候，只有他们两个人。她的第二任丈夫让-巴蒂斯特，乐得独自留在巴黎，不愿陪她同去。他们的长子埃米尔还太小，出不了远门，被留给外祖母让娜照看。

他们乘坐吉拉尔·德·布松的豪华马车，在一七九八年六月十七日拂晓启程，这辆马车由四匹马牵引，一直由家庭车夫雅克驾驶。吉拉尔·德·布松的邸宅位于圣奥诺雷市郊路，距离博戎公馆不远。他们从协和桥上穿过塞纳河，在经过圣日耳曼区后，雅克选择往南走，然后往东，沿着曾经的税所城墙，穿过一个又一个城门。他想避免经过人口密集的圣米歇尔、圣雅克，尤其是圣马塞尔街区，从那里，他们也能通过穆夫塔路到达意大利门。吉拉尔·德·布松的轿式马车炫耀着他的财富。在督政府时期，已经开始怀念大革命的巴黎小市民依然敏感而易怒。

出了意大利门就是连接巴黎和里昂的国王大道，这条大道在拿破仑统治时期被改名为"帝国八号路"。阿格莱亚很少走波旁内方向的路出巴黎。她最远也就到内穆尔。在春和日丽的星期天，可爱的巴黎人喜欢坐着他们的敞篷马车去那里游逛。

前往巴莱纳城堡的漫长旅程开始了，她半闭着眼独自想心事。她坐在吉拉尔·德·布松对面，背对行驶方向，为了不打扰她的假寐，后者一声不吭。她对轿车车窗后慢慢掠过的风景毫不在意，任凭自己随着车厢的颠簸而摇晃。渐渐地，在黎明的微光中，马车弹簧的吱吱声，加上马匹沉闷的脚步声，让她联想起大西洋边上一艘几乎静止的船，风吹过船帆发出沙沙声，绳索吱吱地响个不停。随后，突然间，从东边侵入车厢的亮光熄灭了，仿佛时间的流动颠倒了，黑夜又回来了。一道模糊、阴沉的光线落在他们身上，将他们吞没在宜做白日梦的半睡半醒之间。他们刚经过方尖碑的十字路口，在穿过枫丹白露森林的笔直道路上缓缓行驶。

她站在甲板上，巨大的白帆是船的翅膀。她脚下的木板发烫。头顶上，青色、橙色和绿色的晚霞融化在金色天空的烟雾里。成群的飞鱼被看不见的捕食者追逐着，飞溅到船体上。鱼鳍并没有把它们带到离危机四伏的水面足够远的地方。它们跃向天空，逃离深海中的血盆大口。但白色的水鸟，也许是鸬鹚或海鸥，也在追赶它们。这些既不像鱼也不像鸟的银色箭矢在一团团泡沫中被咬住，时而葬身鱼嘴，时而殒命鸟喙。

她同这些既不属于大海也不属于天空的奇怪鱼类一样绝望。她双眼紧闭，强忍住泪水。

关于一七九八年六月第一次去巴莱纳城堡的旅程，阿格莱亚只记得这个伤感的半真半假的梦。她的意识引导了这个梦，她以为只要她想，就可以逃离梦境。但那天，那个梦纠缠着她直到终点。那些年里，她通常只身往返，直到一八〇四年九月四日，在巴莱纳城堡修缮期间，她在附近农庄住下，才对巴黎到阿利耶河畔新城沿途的小城镇和村庄产生了亲密的回忆。

雨中的蒙达尔纪。黑色的布里亚尔运河水。她曾不止一次在卢瓦尔河畔科讷库尔停下，为继父和父亲采购桑塞尔葡萄酒。在马拉塔韦尔讷，突如其来的暴风雨将她困在一间阴森的小旅馆里，旅馆的名字很不吉利，叫"天堂里"。在卢瓦尔河畔拉沙里泰，一次偶然的早起出发让她看到了震撼心灵的最美的河景。淹没在雾中的卢瓦尔河让她想起了第一次结婚前在伦敦旅居期间看到的幽灵般的泰晤士河。在讷韦尔，她置办了城堡里大部分的青白瓷餐具。其他产地的瓷器可没能引起她的兴趣。

　　在吉拉尔·德·布松的安排下，他们初次到访阿利耶河畔新城的时候恰逢圣若望节①。在抵达前不久，他向她解释，在波旁内的村子里，这一天的集市从清晨开始，想去富人家里帮佣或是想去农场干活的农民会聚集在集市中心临时搭建的高台上。他们穿上最体面的衣裳，在腰间系上一束野花，准备为出价最高的人出卖自己一年的力气。在就报酬数额进行一番激烈的讨价还价后，雇用他们的老板会给他们一个五法郎的硬币，所谓"上帝的银币"，以换取他们的花束。花束被取走，他们被预订下来，不再寻找雇主。上午结束，菜农和农场主纷纷收摊，这一鲜花和劳动的奇特交易也临近尾声，年轻人开始跳舞嬉戏，一片嘈杂，一片混乱。就在这时，

———————

①　天主教节日，每年6月24日。

阿格莱亚和吉拉尔·德·布松乘坐马车出现在村里的广场上。

他们宛若天神下凡，收到了早晨用于交换的大部分花束的献礼，还有几个村民爱把花束平稳地扔到马车顶上。就这样，欢乐的人群追随着他们，沿着颠簸的道路，在他们身后撒下一路野花。在两侧种满桑树的道路尽头，巴莱纳城堡映入眼帘。

阿格莱亚一开始并没有自发地感到与巴莱纳城堡相契合。她只是观察一切，冷漠地收集城堡的图像，之后她会将这些图像与或好或坏的印象联系起来。就这样，她拘谨地度过了和这个地方相遇的最初时光，以便之后更好地独自回忆。城堡的每个侧角都有塔楼，大写 U 字形的院子对访客敞开，当时里面长满了杂草。塔楼的窗户镶嵌着红白色的石框，上面覆盖着密集的苔藓和常春藤，底色已无法辨认。一条宽得过分的走道贯穿城堡前后，让它的外观显得更加丑陋。

吉拉尔·德·布松历数了自十四世纪以来拥有巴莱纳城堡的家族。城堡的首任主人是皮尔庞特家族，他们建造了这座坚固的城堡，在近四百年时间里代代相传。一七〇〇年，皮尔庞特家族断了后。此后，城堡主人几度更迭，直到某位德·夏伯尔骑士，在穆兰镇一个叫艾弗萨尔的建筑师指导下，于一七八三年开始对城堡进行整体重建。面对这项浩大的工程，这位骑士反悔了，转手卖了城堡。

吉拉尔·德·布松试图打开城堡大门，但没有成功。一股潮石膏和湿木头的味道从门缝间溢出。他们没能进到前厅，但房子后面大窗户的百叶窗有一部分脱落了，他们看到阳光落在黑魆魆的镶木地板上，上面覆盖着厚厚一层灰，像白浪一样翻滚着。

"我在这附近租了个农庄，你可以留下来监督翻新工程，"继父点着头对她说，"今晚我们在那儿过夜。先绕房子转一圈吧。"

当他们回头时，跟着他们的几个村民已经不见了。雅克正忙着照料马匹，他用没从车顶跌落的花束来装点马具，寻个开心。她和继父沿着左边的池塘走，池水浑浊，水源可能来自附近的一条小溪。屋后荆棘丛生，比前面更加破败不堪。

此时此地，她终于感到一种深邃的欢乐在体内升腾。她从母亲那里继承了一种禀赋，可以穿透事物或地点的丑陋外表看到其潜在的美。然而，如果城堡背面从未现出一丁点逝去的荣耀的印迹来鼓励她重振昔日的辉煌，阿格莱亚也有可能会看不到那份美。她想成为开拓者，为这些地方创造新的美丽，而不是恢复其失落的壮丽。她很自然地联想到，一百年前，皮尔庞特家族债务缠身的末代子孙认为在其生活空间中添加一丁点新潮的现代性都是亵渎，就像老城堡的石头一样固步自封。她绝不会让自己的后代重蹈皮尔庞特家族的覆辙，他们可是断壁残垣的奴隶。

她情愿给她的孩子们留下一个地方，其核心不是城堡，而是园林，其间布满她种下的奇花异草、珍稀树木。四个世纪之后，建造城堡的人及其后裔都将消失，城堡亦随之分崩离析，只有他们在周遭种植的树木经得起时间的考验。自然永远不会过时，想着想着，她露出了微笑。

吉拉尔·德·布松留意着她，捕捉到了这抹笑容，知道她心满意足。这是另一种感谢他的方式，也许比她的千恩万谢更为有力，言辞不足以穷尽她的喜悦与感激之情。

返回巴黎的一路上，她向吉拉尔·德·布松描述了对花园的设想。当时，它挤在一条狭长的土地上，需要购买与之相邻的土地来扩建。她要种植美洲水杉、枫树、广玉兰。她将建造一个温室来培育异国花卉，一些有五片大花瓣的亚洲木槿。她的父亲米歇尔·阿当松会通过植物学家的关系网，帮助她从世界各地引进树苗。吉拉尔·德·布松已经将一切都答应下来，不管花费几何。

　　当晚，阿格莱亚为首次巴莱纳之行感到兴奋不已。她幻想与让-巴蒂斯特亲热时后者会为她的梦想感到激动。她很想发明一些宏伟的表达，一些会像魔法般征服他的神奇语句，让他一眼就能看到在那里等待着他们的永恒幸福。但最终她对丈夫说的话让她厌恶自己："你知道巴莱纳这个名字是怎么来的吗？……不，你不猜一下吗？……好吧，这是因为村里的人总是在城堡附近收集芦苇来制作扫帚①。"

　　"这真是个城堡的好名字！"让-巴蒂斯特立刻答道，"至少，挺干净的……如果我们用交叉的扫帚做徽章……"

　　比让-巴蒂斯特的嘲弄更让阿格莱亚感到屈辱的是，

---

① 法语中扫帚发音为"巴莱"。

天真的盲信让她忘记了丈夫并非她的朋友。但是，似乎她自身的一部分执意要与人沟通，似乎她生活的变动必须感染与她共享亲密关系的人，她还是把自己交给了让-巴蒂斯特。她情难自已地寻求亲密关系，于是，以旁观者的目光，她看到自己施展出全部的魅力，表演她从不认为自己能够对他展现出的温柔。

　　很可能是在初次从巴莱纳城堡回来的那个晚上，她怀上了二儿子阿纳夏尔西斯，但同时也萌生了与让-巴蒂斯特·杜梅离婚的想法。

# 6

自第一次与巴莱纳城堡相遇后，她没有哪天不像梦到情人那样梦到它。她打开素描本，大笔一挥，用油性铅笔勾勒出小径的轮廓，描绘出花坛和树林的详细布局。她将她的乡村计划告知了父亲，米歇尔·阿当松写信给她，说他往后将暂停手头的研究工作，每周会花半天时间接待她。于是，她几乎每个星期五都会去胜利街，"在晚餐后"，就像他用他那略显老套的法语对她发出的邀请那样。

米歇尔·阿当松并非他的科学院同僚在其死后所描述的那样。伟大的拉马克 ①，自负地站在高处，给他安上一个易怒、粗暴、愤世嫉俗的名声。阿格莱亚想象，像

---

① 让-巴蒂斯特·拉马克（Jean-Baptiste Lamarck，1744—1829），法国博物学家，进化论的倡导者和先驱，提出了"用进废退"和"获得性遗传"两个法则。

她父亲这样的人，把诚实和正义置于一切之上，在原则问题上决不让步，即便为了朋友也不行，此类人在这种社会环境中是不被欣赏的。礼貌和文雅不是米歇尔·阿当松的强项：喜欢或不喜欢，他都一视同仁。对于不喜欢的同事，他很少试图去掩饰他们在场时自己内心的厌恶。不过，随着时间的推移，通过阅读哲学家的作品，比如蒙田（他鼓励她也读这位作家），他获得了力量，不再一连几个星期为一丁点针对他的言语而郁郁寡欢。

父亲的温室里有三只绿色青蛙，在为给女儿和巴莱纳城堡花园准备的进口树苗换盆时，他用眼角余光看着它们。这三只青蛙似乎被驯服了：它们毫无顾忌地任由他接近，他给它们起了外号，叫"讲礼貌的青蛙"。阿格莱亚听到他呵斥其中一只两栖动物："盖塔先生，好好待在那儿！"她明白了这个奇怪绰号的含义，盖塔①是他在巴黎皇家科学院最后几年里最讨厌的敌人之一。看到她的笑容，他带着她前所未见的狡黠说道："这只不像它圭亚那亚马逊雨林的表亲一样有毒，但我可以向你保证，和它同名的那个人却竭尽全力要毒害我的生命。"

---

① 让-艾蒂安·盖塔（Jean-Étieune Guettard，1715—1786），法国地质学家。

　　阿格莱亚听了父亲的这番话，笑得很开心。父亲还说，他给另外两只青蛙起名叫拉马克和孔多塞①，是为了提醒自己，这两位同事在解决他与盖塔的争吵中所扮演的角色。"现在，我很难分得清这三只青蛙。"他以讽刺的口吻总结道。

　　在生命的最后时刻，她父亲似乎放弃了对荣耀的追逐，荣耀已经无可避免地从他的路径上逃走，就像鹿在风中感觉到了捕食者的存在。在她最后几次去胜利街探望时，他几乎不再和她谈论那本冗长的自然历史百科全书。他留下所有的时间，愿意真正地倾听她。阿格莱亚终于感到有足够的信心，在一个秋日的星期五，在他们俩见面的温室里，向他倾诉了一个秘密。

　　她告诉他，还是小姑娘的时候，跟他一起观看宇宙浩瀚的景观让她感到不安。也许他还记得……那是一个夏夜，他带她去了巴黎郊外的圣莫尔天文台。透过望远镜，双眼将她带进了虚无。星星的光芒让她不寒而栗，她产生了一个想法，对于笃信上帝的她来说，这是个唐突的想法。地球只不过是无限空间中一个微不足道的小

---

① 孔多塞侯爵（Marquis de Condorcet，1743—1794），法国哲学家、数学家。

点，如果上帝想给人类天堂和地狱，为什么天堂和地狱在人类存在的地方之外？

"你根据自己的忧虑来想象上帝的安排，"她的父亲答道，"你把天堂置于可见之处，或许是因为你认为人不可能在家门外获得幸福。至于我，我认为天堂和地狱就在我们自己心里。"

在他低声道出最后那句话时，她相信在父亲眼里看到一丝犹豫，仿佛一幕画面突然闯入，一瞬间他的思绪停顿，然后飘向遥远的记忆。但这次，他的注意力并未被对百科全书的执念所攫取。此时此刻，他脑海里想到的是一项关于另一种自然的计划，被突然的决心激活了。阿格莱亚喜欢这一刻，这一刻已铭刻在她记忆里，而她却无法赋予其意义。在三只"讲礼貌的青蛙"的陪伴下，他以塞内加尔黑人的方式蹲着，翻弄土壤为她准备树苗，此时此刻，她觉得父亲好像在通过望远镜审视他自己。

　　吉拉尔·德·布松的马车缓缓驶进院子，车顶行李架上捆着巨大的包裹，压迫着车辆。雅克赶着他的四匹马以步行速度前进。父亲留给她的装有贝壳、动植物标本和书籍的众多箱子被从巴黎拖行了近三百公里。阿格莱亚没想到米歇尔·阿当松会留给她这么多奇怪的东西。她原以为他会挑选一下。

　　皮埃尔-胡贝尔·德科提尔前来向她展示城堡的翻新计划，她和他站在门口。看到这么漂亮的马车化身为普通搬运车，这个年轻人显得和她一样惊讶。二十年前，来自穆兰的建筑师艾弗萨尔指导了城堡的初步重建，如今，她聘请皮埃尔-胡贝尔·德科提尔来完成这项工作。他身材高大，一头棕发，姿态高傲，有着宽阔的额头、漂亮的牙齿和明亮的眼睛，大约三十出头的年纪。他的声音很特别，略微有些低沉，但不过度。他精准地发出每个单词，但不带感情，而且有点拖调，仿佛矫正后的口吃者，有时会因为努力想要说得自然而被识破。那个下午，和他在一起时，这一特点让阿格莱亚感到新奇。

两人的脑袋在城堡图纸上方靠得如此之近，他只需低声细语便可让她听见他的讲解。她以为从他音调的细微变化中感受到了腼腆。不过，她大概弄错了，因为在看到雅克坐在那辆堆满包裹、杂乱无章的马车上时，皮埃尔-胡贝尔·德科提尔发出了一声清脆而响亮的笑声，这同样赢得了她的好感。建筑师恢复了镇定，向她告辞，承诺等城堡设计图按照她的"指示"修改完后立刻回来见她。浅浅的微笑浮现在她嘴角。

在疲惫的旅程结束之际受到如此迎接，这使雅克感到不快，他用特有的沉默与固执来表达愤怒，尽管她夸张地说了些热烈的欢迎词来安抚他，但他对她相当冷淡。她永远不会知道他在巴黎遭受的嘲弄。穆夫塔路对他来说是地狱。一群野孩子一直跟着他到意大利门。在父母纵容的眼皮底下，他们向他扔小石头取乐。对于穆夫塔路的孩子们来说，他的马车就是狂欢节的彩车。

走近时，阿格莱亚明白了雅克为何自巴黎以来一直闷闷不乐。车顶上堆满了高高的包袱，车内也乱七八糟地塞满了盆栽、书籍和形状各异的矮小家具。这些杂物非常重。阿格莱亚知道雅克爱他的四匹马，把它们当朋友，看到它们在路途中，在到达卢瓦尔河畔拉沙里泰之前，在漫长的爬坡中汗流浃背，他一定很痛苦。于是，她郑重地恳求他原谅自己在他进入院子时笑了。直到她命令园丁热尔曼来帮忙，给马卸套、擦拭汗水、喂饲料，雅克才原谅了她。

当她再次独自一人站在院子中央时，她抬头看了看天空，一束束青绿色的云朵正在暮色中绽放。雨燕的影子纵横交错，它们高亢的叫声让她心潮澎湃。温暖的泥土气息宛如一块令人快乐的布料包裹着这位年轻女子。阿格莱亚感到她的喉咙被一种温柔、隐秘、深厚的幸福扼住了。她想猜测原因，但她不愿解释得太清楚，因为为时尚早。她会等待，以便更好地理解和剖析这份欣喜。她向自己保证，等农场走上正轨，她就会把这件事想个明明白白。

皮埃尔-胡贝尔·德科提尔激发了她身上的柔情。她还不敢告诉自己，这有可能是爱情。

## 8

米歇尔·阿当松从不扔东西。某一天，他从保存多年的豁口陶罐里取出一些形状规则的陶瓷碎片，把它们垫在一棵小树苗的根部周围来给土壤排水，之后，他或许会捣碎这些碎片，用得到的矿物质粉来给土壤施肥。

在使用园艺工具和挑选书籍时，他都秉承节约的理念。他常说，一百本植物学书籍中，值得阅读的不到十本。"而且……"他补充道，"如果去掉彰显作者学术特权或假借谦虚之名自夸的篇章，剩下有用的不会超过五本。"对他来说，百科全书和字典是最有用的书籍，因为作者受制于简短的篇幅，没时间去故弄玄虚。阿格莱亚猜测，父亲是在为自己的百科全书做宣传，不过，这一宏大的构想将永远停留在手稿状态。最终，她对父亲还是心怀崇拜的，在她看来，他虽和其同事共享贪图虚名的弱点，但并未和其他人一样蝇营狗苟。米歇尔·阿当松是胸怀大志的。

把车里几十件物品和不成套的小件家具清空时,阿格莱亚很快就明白了,物件是否有用是个见仁见智的问题。物件中有一台镜片破损的海军望远镜,作为继承人,她无法解释父亲为何认为有必要把它传给她。她翻遍了记忆的抽屉,试图寻找它的使用说明。父亲留给她一堆零碎东西就只为了让她尝试解开其中的秘密?也许,他是想以这种迂回的方式不时溜进她的心里。灰绿色的指南针、钝了的刀、生锈的油灯,到底有什么用?那条蓝白玻璃珠的小项链,还有那块布?她在一个小矮柜的抽屉里找到一块印度印花棉布碎片,上面印着紫色的螃蟹和黄色的小鱼。她还在同一个柜子里发现了一枚金路易,她不明白,她父亲如此节俭,怎么会把金币留在那里。

父亲的遗愿是那么奇特,塞给她一堆曾属于他的毫无价值的东西,这让她很是惊讶,但她决定什么都不丢弃,她害怕有一天会因淡忘这些零零碎碎而后悔,而她的记忆和梦境在不经意间将重构这些物件的价值。她在马车座位底下找出一个酒柜,里面有三个大号广口瓶,这些瓶子看上去是装果酱的,被好几层报纸仔细保护起来，用细绳系紧，那一刻，她庆幸自己做了这个决定。

她小心翼翼地解开绳结，迫不及待想知道纸里藏着什么。是盖塔、拉马克和孔多塞先生，她父亲的三只"讲礼貌的青蛙"。看到它们被保存在淡黄色的福尔马林中，瓶身上没有贴标签和说明，阿格莱亚笑了，她明白，父亲将这三位"先生"留给她，从而编织了一段共同记忆的纽带，仅属于她和他。在他生命的最后几年，她几乎每个星期五下午都去他的温室，那些拉近他们距离的物件就在那里，就在那些瓶子里。这提醒了她，在弄清这些乱七八糟东西的意义之前，什么都不要扔掉。仿佛一场游戏，随着时间的推移，父亲请她去猜游戏的规则。

城堡施工期间，阿格莱亚效法父亲，让人在她暂居的农庄院子里建造了一间温室。从她以自己的方式改建巴莱纳以来，那里的花园已初具美感。这个温室不仅用来为花园明年的栽种做准备，也让她和九泉之下的父亲维持着一种联系，一种空间上的呼应，其间有他们相同的关切。多亏了这个潮湿温暖、充满泥土和花朵气息的地方，阿格莱亚得以在米歇尔·阿当松死后与之神交。

巴莱纳的土地孕育出无声的联系，汇聚了他们心意的交流。她渐渐掌握了和他一样的园艺技能，他们会在沉默中交谈，交流他们育花和插条的做法，她想象，倘若他尚在人世会告诉她什么，这给了她灵感和启发。

## 9

在将父亲的所有遗赠从车上转移到温室的两天后，她一大早来到温室。玻璃屋顶上覆盖着露珠，在第一缕阳光的照射下饮烟初起。天光微亮，天气微凉。她看得出物品的轮廓，但看不清具体的材质或颜色。这里成了逝者遗物的小小圣堂。"讲礼貌的青蛙"陈列在三个玻璃坟墓里，在架子上一字排开，它们缩成一团，不成形状，难以区分，淹没在四周的昏暗中。

在同一个架子上方，一只猫头鹰的标本在暗中张开翅膀。直到光线涌入温室之前，由于视觉上的错觉，阿格莱亚以为这只鸟即将起飞，朝她的头上扑来。

她的植物似乎消失了，被杂乱无章的水桶、水壶、各类工具和空花盆吞没。

两天前，雅克和热尔曼匆忙把一些物件靠在玻璃房的墙壁上。她决心把这些东西都收起来。没有足够的光线能穿透玻璃，以确保她嫁接和扦插的植物成活，让这些异国花草度过即将到来的冬天。

阿格莱亚关上身后的玻璃门，走到温室中央，像她看到父亲所做的那样，以塞内加尔黑人的方式蹲下。日光逐渐蔓延，抹去了它曾赋予物品的神秘感。在她左边的近处，有一件半米高、桃花心木镶嵌的小家具，类似某种小型写字台，四个抽屉在清晨的阳光下闪闪发光。抽屉的把手是四只亮铜制的小手，每只小手仅有食指向外伸出。台面上覆盖着一层厚厚的白蜡。阿格莱亚记得，正是在这张低矮的床头柜上，燃烧着照亮她父亲临终病榻的最后几支蜡烛。

突然，通过光影的变换，她仿佛看见一个抽屉木板面上镂有花纹，就在把手下方。她低下头，想看得更清楚。在食指尖指示的方位，她认出了一朵花。一朵木槿花，也许是用凿子刻在红木上的，花朵几近闭合，长长的雌蕊上挂着几缕米粒状的花粉团。

她打开雕有木槿花的抽屉，发现了前几天看到的蓝白玻璃珠项链、印度印花棉布和一枚金路易。在陆续拉开其他三个抽屉后，她觉得雕花的那个抽屉似乎要比其他的浅一些。她试着把它抽出来，但没有成功。在突如其来的直觉的启发下，她几乎不由自主地按了下抽屉正面雕刻的木槿花。她感到食指下有轻微的"咔哒"声传出，仿佛通过小弹簧的微妙作用，一个秘密机关启动了。抽屉的整个正面掉了下来，三分之一高度的位置出现了一块隔板，可以看到上面放着的深红色山羊皮文件夹的圆润的脊背。抽屉的夹层闭合得如此严密，文件夹表面竟然没落一丝灰。

她改变了跪姿，直接坐在温室的地上。她不敢移动这个红色山羊皮文件夹，它就像抽屉正面雕刻的木槿花一样神秘。那朵花是否在夜幕降临时合上，又在日出时分绽放？阿格莱亚缓缓解开系在文件夹上的黑色带子，展现在眼前的是一个大开本记事本，在第一页上，她看到了一朵干花。通过嵌进厚纸中纤细、明丽的橙色花丝，她判断出这朵花在绽放时应该是鲜红的。周围一圈橘黄色的星星点点，是从雌蕊散落的花粉。第二页记录得满满当当，几乎没留下空白，阿格莱亚认出了她父亲精致紧凑、工工整整的笔迹。

这些笔记是留给她的吗？在阿格莱亚看来，发现笔记并非出于偶然，它们已在这个双层抽屉里等候她数月。但父亲为何要冒着笔记不被发现的风险？他为何要在她读到之前设置如此多障碍？如果她不愿在巴莱纳接收他的遗物，如果她没有逐一查看这些物件以破解它们的秘密，那么，这个红色山羊皮文件夹就和她失之交臂了。发现这些手稿，可能意味着发现一个隐藏的、不为人知的米歇尔·阿当松。否则，她可能永远不会了解这个父亲。

阿格莱亚犹豫了。她不确定自己是否想知道。开头的几个词解除了她的戒备。

## 10

致阿格莱亚，我心爱的女儿

一八〇六年七月八日

我像一棵被白蚁从内部啃噬的朽木，已分崩离析。这不仅是你在我生命最后几个月里目睹的那种身体上的崩溃。早在股骨摔断之前，我的体内已有他物断裂。我知道，假如你同意阅读我的笔记，在某一时刻，你会了解相关情况。我围绕自己最痛苦的记忆筑起了层层屏障，当它们纷纷塌落时，我知道，我应该向你讲述我在塞内加尔真正发生的故事。我启程去塞内加尔时只有二十三岁。那个故事并不是你在我出版的游记里读到的那样：我更想向你讲述我的青春、我最初的遗憾和我最后的希望。我多么希望我的父亲也能像我对你一样，厚起脸皮向我讲述他的人生故事。

　　我欠你一个真相，希望你能完成我真正的遗愿。我不确定是否已评估其实际后果。我亲爱的阿格莱亚，一切由你来落实，当你面对我请你为我去见的人之时，将由你来替我重新表达心意。一切要取决于你对我笔记的阅读……

　　我免去你出版《博物圈》的重担。你或许会被我的草稿弄得晕头转向。我本以为找到了可以丈量大自然而不迷失自我的阿里阿涅德之线①，而实际上它并不存在。我已拜托你的母亲找人出版我的教材选段，我相信这是白费力气。让娜不愿费劲，一直以来，她和我都知道，出版我的书没有前途。我是植物学被割断的分支。赢家是林奈。他将被载入史册，而我不会。我并没有感觉到酸楚。我终于明白了，我觉得你在最近与我的接触中已经猜到，渴望被认可、学术上的野心以及百科全书计划，这些都是假象而已。我的头脑创造了这些假象，以让我摆脱在塞内加尔旅行期间产生的强烈痛苦。一回到法国，早在你出生之前，我就将这一痛苦埋葬起来。但

———————————

①　古希腊神话中，克里特公主阿里阿德涅赠给英雄忒修斯一个线团，帮助他破解迷宫，又给他忒修斯一把利剑，来杀死迷宫里的怪物弥诺陶洛斯。

它并没有消亡，远远没有。

留下笔记并不是为了让你分担我的内疚，而是要让你知道我是个怎样的人。父母又能留给子女其他什么有益的遗产呢？对我而言，这笔记是唯一富有价值的遗产。在写下这几行字时，我承认，我害怕在你面前暴露自己。我并不害怕你会嘲笑我，就像含发现父亲诺亚在醉酒后席地而睡，将裸体袒露在孩子面前，因而取笑自己的父亲①。我唯一担心的是，生于这一时代，你受到生活偶然性的束缚，和我一样在一生中大部分时间都对他人漠不关心，我担心你永远都找不到我的秘密笔记。我害怕你的冷漠。

阅读这些笔记的前提，是你得接受我蹩脚的家具作为遗产，唯一的理由是它们曾属于我。如果你读到我的文字，是因为你一直在寻找我的隐秘生活，并且找到了它，因为你对我心存依恋。相爱，也是一起分享对共同历史的记忆。在你的童年和少女时期，我做得太少，没能留下太多回忆。现在，我把它献给你，你已经成为一

---

① 《圣经·旧约·创世记》中，诺亚的三个儿子含、闪、雅弗在面对赤身裸体的诺亚时做出了不同的反应，含取笑了父亲，闪和雅弗则背对父亲，为他盖上了衣服。

个女人，而死亡将把我从你的目光和审判中夺走。我一直忙于自我逃避，没时间陪伴你，我很是懊悔。不过，我们的共同记忆或许因稀有而弥足珍贵……小小的安慰。

如果你读到我的文字，是因为我没有想错，你很重视孩提时代我们在皇家花园的一次次漫步。我记得你初见木槿花时的惊讶，无论什么品种，上帝才知道有多少种，它们都在日夜交替的节奏中闭合又张开。也许你还记得，你问我，这朵花是否像我们一样，在夜晚闭上眼睛。"不，"为了让你始终诗意地观察世界，我回答说，"它没有眼皮，它睁着眼睛睡觉。"还记得你给木槿花起了个绰号吗？从那天起，在很长一段时间里，你叫它"没有眼皮的花"。

因此，我选择木槿花作为相认的记号，你不会感到吃惊了吧。我把它刻在床头柜正面，以指示双层抽屉开启装置的位置，我的笔记在里面等着你。如果你发现了这朵开启我秘密的木槿花，是因为我让你爱上了我们一起凝视大自然奇迹的那些时刻。

我衷心希望，有一天你能读到这几行字，它们将开启我无名的旅行故事。我委托你为它起一个标题。带着宽容去阅读。我希望你能从中有所发现，让你挣脱无谓的偏见的束缚，而大多数男女仿佛还嫌生命不够沉重，受偏见所累。

米歇尔·阿当松

阿格莱亚的目光从红色羊皮文件夹上移开。温室已完全沐浴在阳光中：父亲的三只"讲礼貌的青蛙"装在福尔马林罐子里，在她对面的架子上一字排开，显得异常可怕。她感觉到燥热，双腿已麻木。时间肯定快到九点了，今天下午，年轻的建筑师皮埃尔-胡贝尔·德科提尔要来向她提交修改好的城堡图纸，在此之前，她还有很多事情要做。他曾给她送来一张便条，告知他的到来。

她也不希望被仲夏节雇用的女厨子维奥莱特和园丁热尔曼撞见她这么狼狈地坐在温室的地上，下巴颤抖着，像一个快要落泪的小女孩。

## 11

夜幕降临，阿格莱亚让热尔曼把木槿花床头柜摆在她的床边，她在柜子上放了一盏带雕花玻璃灯罩的油灯。她躺下来，背后垫着两个绣有母亲名字缩写的靠垫，腿上盖着厚厚的金色缎子被，她开始阅读米歇尔·阿当松的笔记。跳跃的小火苗在她慢慢翻开的书页上反射出淡黄色的光芒，使她想起笼罩父亲生命最后时刻的光线。

\*

二十三岁时，我离开巴黎前往塞内加尔的圣路易岛。有些人想当诗人，有些人想成为金融家或政治家，而我想在植物学方面有所建树。但因某种明显而我却未能洞悉的原因，事情的发展并未如我所料。为了发现植物，我去塞内加尔，在那里，我遇到了一些人。

我们是我们那套教育的产物。和那些曾向我描绘世界秩序的人一样，我深信他们所述所授是真实的：黑人都是野蛮人。我敬重我的老师，为何要去质疑他们？他们的老师也曾言之凿凿，说黑人无知且残忍。

我差点就成为天主教的仆役，天主教教导世人说，黑人是天生的奴隶。不过，我心里清楚，说黑人是奴隶，并不是上帝的意旨，而是因为这种想法能让他们继续毫无悔意地贩卖黑奴。

言归正传，我前往塞内加尔去寻找此前其他欧洲学者没有描述过的植物、花卉、贝壳和树木，而我却在那里遇见了苦难。我们并不了解塞内加尔当地人，也不熟悉他们周围的自然环境。然而，我们自以为对他们相当了解，足以断言他们是天生的劣等人。是因为在近三个世纪前，欧洲人初次见到他们时，他们贫穷不堪？是因为他们不觉得有必要像我们一样，建造抵御时光流逝的石头宫殿？只因他们没有建造穿越大西洋的船只，我们就判定他们低我们一等？这些或许可以解释我们为什么认为他们与我们不平等，但这每一个理由都是错的。

我们总将未知归并为已知。黑人没有建造石头宫殿，也许是因为他们认为石头宫殿并无用处。我们有没有试图去了解，他们是否以有别于我们的方式来证明其古代君王的辉煌？我们在欧洲引以为傲的宫殿、城堡和大教堂，源自数百代穷人对富人的进贡，而没人会费心保护穷人的陋室。

塞内加尔黑人的历史遗迹就在他们的故事中，在他们的语言和传说里，由历史学家兼歌唱家"格里奥①"代代相传。"格里奥"的话语，像我们宫殿中最美丽的石头一样精雕细琢，是君主永恒的纪念碑。

黑人没有造船来奴役我们，占领欧洲的土地，我认为，这也不能证明他们劣等，恰恰证明了他们的智慧。我们对糖贪得无厌，因此设计这些船只将数以百万的黑人运往美洲，这有什么可吹嘘的？黑人不像我们，不假思索地把贪婪当作美德，甚至觉得自己的行为是如此自然。他们也不像我们，受笛卡尔鼓动，认为应当使自己成为整个自然界的主宰和拥有者。

我意识到我们的世界观是不同的，但这并不构成鄙视黑人的理由。非洲的欧洲旅行者若真心想要了解非洲

―――――――
① 格里奥（griot）是身兼巫师、乐师和诗人的非洲黑人。

人，他们或许得跟我一样做。我仅学习了一门非洲当地语言。当我掌握足够多的沃洛夫语，毫不犹疑就能听懂的时候，我有一种拨云见日的感觉，仿佛看到一幅由蹩脚剧场画师粗糙复刻的绝美风景画被巧妙地复原了。

塞内加尔黑人讲的沃洛夫语和我们的语言同样重要。其中汇聚了黑人精神的宝藏：好客的信仰、兄弟情谊、诗歌、历史、植物学知识、谚语和他们所理解的世界之道。他们的语言是一把钥匙，让我明白，比起我们驰骋大船去追逐的财富，黑人对其他财富更感兴趣。这些财富是无形的。我写下这些，并不是说塞内加尔黑人生来就异于人类其他种族。他们和我们一样，是活生生的人。像人类的其他种族一样，他们在心中和脑中也会渴求荣耀与财富。他们当中也有一些贪婪的人，随时准备牺牲他人的利益来中饱私囊，为掠夺、为黄金而杀戮。我想到他们的国王跟我们的君主一样，现如今，直到拿破仑一世皇帝，为获得或保持权力，毫不犹豫地推行奴隶制。

我的第一位语言老师叫马迪耶。是个四十多岁的男人，曾为塞内加尔租界多位主管担任过翻译。马迪耶法语说得相当好，但他没法为我翻译某些植物的专名，只

有少数行家才了解这些草药的价值。我很快就辞退了
他，转而依靠恩迪亚克。我第一次见到恩迪亚克时，他
才十二岁。我教给他一些植物学概念，这样，当我用沃
洛夫语跟行家交流时，他可以帮上忙。

　　塞内加尔租界主管埃斯图庞·德·拉布吕埃曾跟瓦
洛国王打过交道，主管先生让来自瓦洛的恩迪亚克来帮
我的忙。恩迪亚克是我在塞内加尔的通行证。在他和瓦
洛国王派出的几个武装人员的陪同下，我不会遇到麻
烦。恩迪亚克曾告诉我，他是个王子，但永远不会成为
瓦洛的国王。正因为他在瓦洛王国的继承顺序中无足轻
重，他父亲才同意其离开恩德尔的宫廷，应德·拉布吕
埃先生的要求和我碰头。在塞内加尔，只有国王的侄子
才能成为国王。恩迪亚克在我们第一次见面时，以他特
有的方式向我解释了这一点：

　　"当王后诞下孩子时，我们只能确信一点：婴儿血
管中至少流淌着一半王室血液。从小豹子身上我们可以
识别母豹子的斑点，却鲜能辨出公豹的花纹。"

　　恩迪亚克憋住没笑，跟每次开玩笑时一个模样，他
戴了一副无动于衷的面具，尽管很想放声大笑，但他憋
住了。不过，他的眼皮出卖了他，在他无所顾忌地表达

他的滑稽想法时，眼皮就会眨动起来，还有他的嘴角，可能会微微抽动。恩迪亚克天生就会发明谚语，所有接触过他的人都没法不喜欢他。

恩迪亚克一再对我说，他看起来更像他母亲。她是瓦洛王国甚至全世界最高贵、最美丽的女人，他继承了她的外貌，自然成为我此生见过最英俊的年轻人。确实，他的五官惊人地规则和对称，仿佛大自然跟雕刻观景楼的阿波罗①的艺术家一样，按照黄金比例计算过他的面部比例。恩迪亚克自夸时，我只是点头微笑，这鼓励了他对任何愿意听他说话的人讲："你看，你瞪着黑人圆溜溜的眼睛在看我，那个图巴布②阿当松去过的地方比我们所有人去的加起来都多，比我们五代祖宗去过的地方都多，连他也承认我最最英俊。"

我包容了他的自大，因为我明白，很多在植物学方面颇有学问的当地人不愿与我交谈，他用这种方式打破了他们的沉默。白人都不被信任，尤其是我，因为我总问一些不寻常的问题。恩迪亚克是个贴心的助手，他拥

---

① 观景楼的阿波罗是一尊白色大理石古代雕塑，作者是希腊古典后期雕塑家莱奥卡雷斯（Leochares），现藏于梵蒂冈。
② 图巴布（Toubab）是西非地区对欧洲白人的称呼。

有惊人的记忆力。多亏了他，我得以了解许多习俗，如果塞内加尔租界雇员，包括主管埃斯图庞·德·拉布吕埃，想从与塞内加尔各王国的贸易中获得更多利益，也得努力学习这些知识。

## 12

　　我第一次听说"返乡女人"，是在抵达塞内加尔两年以后。

　　那一夜，我在距圣路易岛大约一小时路程的索尔村。我和恩迪亚克在日出时分离开堡垒，打算在到达村子前采集一些植物标本。从河流进入这个村庄的路很难走。这条路被荆棘遮蔽，被灌木阻拦，很难被发现，我觉得它配不上圣路易岛的周边地区。我在塞内加尔旅行的时代，圣路易岛上有三千多居民住在租界主管的堡垒周围，有黑人、白人和混种人。索尔村约有三百人。一条本应促进圣路易岛和索尔村之间商贸往来的道路却没有得到精心养护，在我看来，这证明了黑人的疏忽散漫。不过，当天晚上，我就知道自己搞错了。

　　巴巴·塞克是索尔村的首领，我曾多次向他抱怨通向村子的路很难走，而他每次都只是微笑着回答我，如果真主愿意，方便到达索尔村的日子很快就会来临。虽然他的回答无法让我满意，但我没再坚持，因为我对巴巴·塞克存有好感，他曾多次向我展现出他的智慧和开明。他五十多岁，高个子，体格健壮，和蔼可亲，他的口才令他在村民中积累起天然的威信。

我第一次到访村子的时候，是他的话救了我。集会时，我擅自杀死了一条神蛇，那是一条蝰蛇，当时我正盘腿坐在灯芯草编的席子上，它危险地靠近了我的右腿。只用一句话，巴巴·塞克就止住了他长子加拉耶·塞克即将打在我头上的棍子。又一句话，他制止了观众的喊叫，同时捡起蛇的尸体，迅速将它揣入衣服的口袋中。因此，我接受了他搪塞的答复，而直到那晚，我才明白，他为我们讲述的"返乡女人"的故事，就是对我的批评做出的回应。

我去过的塞内加尔农村几乎都搭着一些方形大平台，离地面约三英尺高，四个角由粗壮坚固的槐树树干支撑。这些台子是露天的聚集地，最多可以容纳十几个人或坐或卧。台面由交叉的树枝构成，上面覆盖着几层灯芯草编的席子。人们聚在台子上不是为了躲避成群结队的蚊子，而是避暑，在六月到十月，一年中最热的夜里躲避茅屋里的酷热。黑人对星座的了解并不比我们少，在星空下，他们呼吸着新鲜空气，不顾蚊子叮咬，在睡意袭来前能聊上半夜。村民们轮流讲些短小的故事和笑话，或喋喋不休地进行争论。他们也会讲些更严肃的故事。那个"返乡女人"的故事让大伙儿停下了笑声。巴巴·塞克抬眼望着星星，对我娓娓道来，似乎也在讲给集会的所有人听：

"最新消息，我的外甥女，玛哈姆·塞克，从一个不可能的地方回来了。那个地方即便不是死亡地，也紧邻着地狱。米歇尔，三年前，她就是在你从圣路易岛来索尔的路上被掳走的。当时，还不需要用砍刀开路，没有伤人的荆棘，不用在低矮的树下匍匐前行。玛哈姆被掳走，我们不知道是谁干的，我们让这条路在她身后关闭。我们把它留给丛林，丛林会保护我们，让我们远离偷孩子和贩奴隶的人。

"玛哈姆和你一样，米歇尔，她喜欢孤独。从小时候起，她就与动植物交谈。她知道丛林的秘密，能听到远处的脚步声，能识别迹象，她一定是任由人把她掳走的。我，巴巴·塞克，索尔村的首领，她母亲的长兄，她父母失踪后唯一的亲人，跑到圣路易去找她。我问了清晨河上捕鱼的黑人水手、洗衣妇，问了每天在水边玩耍的圣路易小孩。我去了堡垒的监狱，我询问了那里的守卫。没有人见过玛哈姆。

"我准备把她买回来，哪怕把我自己卖给抓她的人，但绑架者已经消失了，我们不知道他们是谁、来自哪里。他们可能逃往南方，但没有经过任何一个邻近村庄，我们向那个方向派出了信使，却没有发现玛哈姆的踪迹。因此，在她失踪三个月后，在寻遍村子周围四面八方的丛林之后，确定她没有被爱上她的、化身野兽的神灵绑架，我们为她举行了葬礼。我，巴巴·塞克，本应在时机到来时将她嫁给一个活泼的年轻人，但由于她没能向我们告别就离开了，我决定将她嫁给死亡。我们为她哭泣，然后按照我们的习俗，连续两天唱歌跳舞，使她在遭受暴力后重获宁静，安心地离开我们，无论她是生是死。

"真主为我作证，从那以后，我没有一天不想到我的外甥女玛哈姆·塞克。这就是为什么我们决定在她身后关闭通往圣路易的道路，让路废弃在灌木丛中。这是对丛林的进贡，求它保佑我们远离偷孩子和贩奴隶的人。"

巴巴·塞克陷入了沉默，和所有认识玛哈姆·塞克并想起她的人一样，我在思考刚刚听到的内容。是什么人掳走了她？当时，有人看到了来自河右岸的摩尔骑兵，还有被黑人国王雇用来劫掠的战士，他们连自己的村庄也不放过，绑架奴隶卖给欧洲人。巴巴·塞克在圣路易岛是否找对了人？那个人有没有对他撒谎？

我们与巴巴·塞克一起抬头看星星，在讲故事的过程中他从未停止对天空的注视，仿佛可以从星辰中读出这大地上男男女女的命运，在浩瀚宇宙的注视下找到人类渺小问题的答案。

仰望着那片非洲的天空，我当时心想，我们在宇宙中什么都不是，或者说是如此渺小。想象我们所做的每一件小事，不管是好是坏，都会被一个睚眦必报的上帝所权衡，我们不禁因其深不可测而感到有些绝望。这个想法在我脑海中闪过，我亲爱的阿格莱亚，它与你最近来我胜利街的家时向我描述的想法大致相同。在索尔村的星空下，听着玛哈姆的舅舅巴巴·塞克讲述她神秘失踪的故事，我突然感到自己这辈子都没有足够的时间去了解地球百万分之一的奥秘。不过，我并不苦恼，相反，想到自己不比沙漠中的一粒沙子或海洋中的一滴水更重要，这让我感到兴奋。在这浩渺宇宙中，我的思想，无论它多么渺小，可以让我独存于世。意识到自己能力有限反而为我打开了无限的空间。我是一粒有思想的尘埃，对宇宙的维度有着无限的洞察力。

沉思片刻后，巴巴·塞克继续讲这个只有恩迪亚克和我毫不知情的故事，了解故事的人也听得很认真：

"三年来，我们不再想玛哈姆。我们带着对她的命运一无所知的痛苦向她告别。大约一个月前的一个清晨，一个人像你一样出现在丛林中，他不畏惧保护我们的荆棘、刺藤和灌木，坚韧地开辟出一条到这里的路。这个男人是塞雷尔人，名叫桑甘·法耶，自称是玛哈姆的信使，玛哈姆躲在班纳，那是离戈雷岛不远的佛得角半岛的一个村子。她从海的另一边，奴隶有去无回的国家活着回来了。玛哈姆想知道她的葬礼是否已经举行。如果已举行，她就再也不回索尔了，并恳求任何人不要试图再去见她，否则我们的村子就会有大祸临头。

"我们询问了玛哈姆派来的桑甘·法耶，他没有说更多关于她的事情，也没有说她选他作信使的原因。无论我们如何乞求他详细讲述我们女儿现在的境遇，桑甘·法耶始终保持沉默。有些人，包括我的大儿子，觉得他的态度很奇怪，甚至怀疑他故事的真实性，我能理解他们的疑问。为何他不多透露些信息？他会不会是个骗子，偶然得知玛哈姆·塞克失踪的故事后，想从中捞一笔？但他能从中得到什么好处呢？告诉一个已逝之人的亲属，逝者还活着，这种残忍行为没法用语言形容。

"我决定派人护送他去见国王的代表，恩迪耶贝内的卡迪，让他来决断这件事情。但桑甘·法耶，如果这是他的真名，在次日凌晨消失了，像玛哈姆一样没留下任何痕迹。自从他失踪后，我们满脑子都是这个人和他说的关于玛哈姆的话。有一件事我们可以肯定，那就是他的话在我们的头脑和心中重新点燃了玛哈姆还活着的希望。"

## 13

"……从美洲白人的奴役下回到我们这儿，重回塞内加尔？这就像受过割礼的人重新长出包皮一样不可能！"

在我们返回圣路易岛的路上，刚满十五岁的恩迪亚克没少拿返乡女人的故事开玩笑。一切都是巴巴·塞克编造的。村民们一定在嘲笑我，米歇尔·阿当松，这个图巴布真是什么胡言乱语都相信。我会出名的。

"啊！这个巴巴·塞克真是太厉害了！他要是信誓旦旦地和你说有一轮月亮落在他村子附近，你也会相信。他确实能言善道。"

我猜恩迪亚克和我一样对返乡女人的命运感到好奇，我告诉他我想去佛得角找她。我了解安的列斯群岛和美洲黑人奴隶制的残酷，寻思玛哈姆的故事怎么可能发生。虽然安的列斯群岛的殖民者常会带着他们的黑奴返回法国本土做短暂停留，为的是把奴隶培训成箍桶匠、木匠或马蹄铁匠，但人们从未见过这些黑奴重新踏上非洲的土地，更不用说回到故乡的村子了。

我知道，尽管我们之间相差九岁，但恩迪亚克和我都拥有年轻人对冒险的狂热。一方面，恩迪亚克夸大了他的怀疑，以推动我实现我的计划，去班纳村确认返乡女人的存在，尽管这个计划将面临诸多困难。另一方面，恩迪亚克和他这个年龄的年轻人一样，总想要占理，即使我们抵达后发现返乡女人的故事纯属虚构，他也给自己留了一条后路。不过，我们或多或少流露出来的验证返乡女人存在的愿望遭遇了巨大的阻碍。主要是因为我刚结束了佛得角之旅，大家认为我在返回法国之前不应该再去塞内加尔的那个地区。租界主管埃斯图庞·德·拉布吕埃对我的植物学研究不屑一顾，绝不会同意投入资源和人力，陪我进行一次在他看来毫无价值的旅行。

他的兄弟德·圣-让先生是戈雷岛的总督，那座岛又称"奴隶岛"。他们都不喜欢。我曾向他们明确表示，我绝不可能为租界做办事员的差事。他们曾希望我承担这项任务，作为他们资助我研究的补偿，当时，他们最能干的一个办事员在塞内加尔内陆执行任务期间发高烧死了。我可不想在河流的各个贸易站穿梭，用枪支和火药换取象牙、阿拉伯树胶或奴隶。我是植物学家，有抱负的学者，不是办事员。

我该怎样向他们解释？我听信一个黑人村长的故事，想去寻找一个据说为奴三年后从美洲回来的黑人女子。这两兄弟与我回法国之事同样有干系，他们会当面笑我。他们会迫不及待地向我的资助人报告，说我损害塞内加尔租界的利益，指控我试图破坏其主要贸易：奴隶贸易。如果返乡女人的故事是真的，而我又把它传播出去，德·拉布吕埃先生和德·圣-让先生会声称是我扰乱了皇家公司的生意，而当时，皇家公司每年从奴隶制中赚取三四百万英镑。

恩迪亚克知道我与这两位先生不和，并猜想我陷入了僵局。他毫不掩饰想探寻返乡女人故事真相的强烈愿望，向我提出了一个声东击西的行动计划。我仍然非常清楚地记得他说的话。他努力克制不为自己失礼的话而笑场。

"阿当松，照理说小孩不该给大人提建议，但这里我不得不给你提一个。如果你想亲自确认返乡女人的故事，就告诉德·拉布吕埃先生，比如，你听说佛得角生长着一种品质很好的新品种靛蓝植物。告诉他，如果你能亲自去研究这一植物，并收集一些标本，会对租界大有好处。为什么不找借口说要去现场考察塞内加尔这一地区黑人所使用的染色工艺呢？阿当松，这个计策非常简单，我很吃惊，你学问那么大，自己怎么就想不到呢？"

我习惯了恩迪亚克惹我生气的做法。他曾经成功过一次，并立刻满脸兴奋地向我承认，他就喜欢看到我眼睛冒火，特别是看到我的脸颊和耳朵绯红。有一阵子，他给我起了个绰号叫"Khonk Nop"，意思是"红耳朵"。所以，我强迫自己只用微笑来回应他的嘲弄，以免他饶有乐趣地挖苦我再次变了脸色。尽管他的无礼让我不快，但我并不反对他的计策，我承认这是可以接受的，这让他非常得意。

几天后，我与埃斯图庞·德·拉布吕埃在他圣路易堡垒的办公室里进行了会谈，为了说服他让我去佛得角，我在恩迪亚克建议的说辞之外又增加了一个新的论据。我很高兴地把论据提前告知了我的小伙伴，这回轮到他被激怒了，因为从圣路易前往佛得角的班纳村，我们将步行而不是坐船。

德·拉布吕埃先生则向我暗示，收集梅克赫村的最新资料对塞内加尔租界非常有益，因为卡约尔国王和他的随从在大西洋海岸附近亲自交易奴隶时会驻扎在这个村子。这个筑有防御工事的大型村落更靠近内陆，几乎位于圣路易和佛得角半岛的正中间，在那里停留对我有好处。我同意了。德·拉布吕埃先生在我们会谈结束时告诉我，他将立即指派一支由六名武装人员和两个挑夫组成的护卫队，护送我前往佛得角。

"到那里后如果有任何需要，就去戈雷岛找我兄弟，德·圣-让先生。"

德·拉布吕埃先生是个务实的人，他有可能在塞内加尔租界所属的印度公司中成为举足轻重的人物，前提是他能通过增加奴隶贸易为他们赚大钱。我于一七五二年八月底见到他时，他预见到我很快就会回到法国，对他来说，似乎很有必要挽救一下那时候我们之间的恶劣关系。

他刚从法国回来，之前因家庭事务被召回国，待了将近两年才回到塞内加尔。他的舅公利利奥特-安托万·达维德是印度公司的总督，我父亲曾为了促成我去塞内加尔而找过他。总督先生一定跟佥孙透露过，可以让他被任命为自己的继任者。的确，德·拉布吕埃先生从巴黎回来后判若两人。

以前，他从不在我和塞内加尔租界的办事员们面前掩饰自己的放荡，而现在，他尽可能地隐藏那些行径。那群总是跟着他、甚至在他乘船前往白角和比绍岛之间的租界贸易站时都随行的"可怜娼妓"全都不见了。他不再让和他一样放浪形骸的雇员们发笑而大声宣称，至少每十二个小时他就上上下下进入非洲"内部"一次。只有梅毒留给他的那张麻子脸暴露出他的荒淫无度。

因此，埃斯图庞·德·拉布吕埃盘算了一下，毫不犯难地为我提供了从圣路易岛到佛得角班纳村陆路旅行所需的一切。在此之前，他曾非常粗暴地拒绝我所有关于安全通行证、人手和物资的请求，我本打算靠这些搭建临时工作室来进行我的植物学实验。现在，他一定认为，如果他能证明自己熟悉塞内加尔国王们的政治举措，了解他们的优势和弱点，那么他被任命为令人觊觎的印度公司总督一职会更加顺利。他认为我可以做个有用的情报搜集者。

看到他对我变得温和并且猜测我可能会对他有用，

这让我非常高兴，于是，我答应充当德·拉布吕埃先生
的密探。不过，在我回到法国五年后，圣路易堡被英国
人攻占，几个月后戈雷岛沦陷，塞内加尔租界主管升迁
的希望也随之破灭。

　　我在和德·拉布吕埃先生面谈后再次见到了恩迪亚
克，他误会了我脸上流露的喜悦。我喜悦，是因为自认
战胜了贪婪的租界主管，也是因为我心满意足地看到了
恩迪亚克沮丧的表情，当我告知我这年轻朋友我们将不
走海路而是步行去班纳村时，我就预想他会这样。果然
不出所料。这个恩迪亚克，我曾给足他时间，让他为自
己的功劳沾沾自喜，毕竟是他想到以寻找神奇的靛蓝树
为由欺骗德·拉布吕埃，以掩盖我们此行的真正原因。
当听到我们要沿着"大海岸"步行，很可能要走上几个
星期时，他的笑容僵住了。额外让我高兴的是，他竟没
说一句反对的话。当时，我还不知道恩迪亚克在为自己
的性命感到担忧，只是出于自尊，他不想向我承认。

# 14

一七五二年九月二日清晨，我们步行从圣路易出发，和恩迪亚克不同，我很快乐。我发表在游记中的内容并非谎言，因为晕船，我害怕坐船，虽有那些我认为可以克服晕船的秘方，但仍然摆脱不了这个毛病。我们一行十人：恩迪亚克，我本人，两个抬箱子（里面装着我的工具、书籍和衣服）的挑夫以及六个来自瓦洛王国、携带长火枪的战士。我们前进的速度要比走海路慢，但我不在乎。

我们沿着靠近塞内加尔内陆连接圣路易和佛得角半岛的路线前进。沿着"大海岸"，也就是那条从圣路易到约夫村、西南向北走向的绵长细沙滩会更快。但为了侦察卡约尔国王管辖的村子，我计划从东部穿过这条路线。埃斯图庞·德·拉布吕埃给了我们一张通行证，确保我们在路上相对安全。一路上有淡水井，我们可以定期取水解渴。更何况，对我来说最重要的是，这一路动植物的种类比大西洋沿岸更加丰富、更鲜为人知。

我们从圣路易缓缓动身。我们不急于赶路，似乎想拖延想象中与返乡女人见面的那一刻。只要我们没见到她，她就有存在的机会。恩迪亚克和我被塞内加尔的自然奇观所吸引，或是远远尾随一群淡定的大象，或是从远处跟踪吃饱了的狮子家族，我们毫不犹豫地偏离了既定路线。

恩迪亚克展现出来的耐心不亚于我。我教给他一些博物学的观测方法，在他这个年纪，我已经在父亲的赞许下爱上了这门学科。我的年轻朋友不停地提醒我注意那些可能会错过的东西，他认为我应该观察和绘制下这些物种。当时，我们走过一小片被称为"洼地"的深水域，是他注意到了水中央一种名为卡德拉里 ① 的绝美植物。叶片在阳光下闪烁着丝绸般的银色光泽，仿佛一簇噙满水分和阳光的植物绒毛。恩迪亚克指着它，对我眨眨眼，努力憋住笑。他预见到我得克服多少困难才能采

--------

① 卡德拉里（Cadelari）属苋科，经米歇尔·阿当松发现，记录在《植物科志》（1763）中。

摘到这一遥不可及的水生植物。我不会游泳，也不想被浸湿。我们停在岸边，那株植物离我们二十多土瓦兹①远。我估计洼地应该不会太深，如果骑在一位挑夫的肩上（他是巴姆巴拉人，身高六英尺出头），我或许有机会摘下这株卡德拉里。我脱下外衣和鞋子，爬上挑夫肩头，才走到半路，水就淹到了他的脖子。他很勇敢，脑袋被水浸没时也没停止行走。我用指尖抓住卡德拉里的时候，下半身已经完全浸在水里。我光顾着小心翼翼地采摘，竟忘记那个名叫凯里提吉的巴姆巴拉人应该开始缺氧了，我对卡德拉里的热情可能会将我和他一起淹死。但凯里提吉天赋异禀，他无疑从我在他肩上的动作中察觉出我得到了宝贝，他慢慢转身，稳稳地向岸边走去，仿佛变身为有鳃的两栖生物。一上岸，他就把我放在地上，像是卸下一个轻巧的包裹。他跟没事人似的，或者他尽量不表现出刚才经历的痛苦。作为奖励，我给了他一个皮质收口袋，他立刻挂在了脖子上。恩迪亚克眼中的笑意没了，也不眨眼了，他似乎惊呆了。摘到植物和令我的年轻朋友目瞪口呆都让我感到得意。

① 土瓦兹，法国旧长度单位，一土瓦兹相当于 1.949 米。

我们已经走了两天的路，仍离圣路易不远。我们开始捕猎水鸟。我打了几只山鹬，有时还能猎到野鸭，这些禽类和欧洲的燕子一样，飞到这片非洲土地筑巢避冬。晚上，我们把它们烤了，与队员们分享一些沿途采摘的野果。我对迪塔赫果情有独钟，这种小圆果有着褐色外壳，比煮熟的鸡蛋壳硬一点，里面藏着鲜绿色的粉状果肉，被白色纤维包裹，中间有核。吮吸时，果核从纤维中释放出酸酸甜甜的果汁。这种水果在欧洲并不为人所知，它除了能果腹，还能解渴，因此我在整个旅程中吃了很多。时至今天，当我有时回想起在塞内加尔的秘密旅行时，我就会记起迪塔赫果的滋味。

直到从恩迪耶贝内开始，我和恩迪亚克才强迫自己走得规矩一些，这里是曾经属于卡约尔国王的大海岸上的第一个村子。

晚上，当我们不在村里留宿时，挑夫们搭起营房，六个和恩迪亚克一样来自瓦洛族的勇士戒备森严。因为，尽管对我的博物学研究来说，我们的路线美丽动人，但一路也充满了危险。我们很快就意识到这一点，因为我们一走近，那些农民就惊恐地躲进丛林。他们见我们拿着枪，以为我们是猎奴人，在进行劫掠，就像卡约尔国王或其东边邻国乔洛夫王国的雇佣兵一样。

很少有农民愿意让我们留宿。当时，这个王国正处于连年的战乱中，导致在本该极易生长小米、高粱等营养谷物的土地上竟出现了饥荒。这个国度的国王和全世界其他国王一样疯狂，但疯狂并没有使他们忽略一件事：养活自己的人民是有利可图的，哪怕只是为了有活人能让他们继续统治。正如恩迪亚克眨着眼睛，举着右手食指，在这个问题上说教式地对我讲的那样：

"死人可不好看，既不出力也不纳税。他们对国王毫无益处。"

也有村庄幸免于劫掠。它们比其他村子更安全、更繁荣，以小村庄的形式存续下来，在区域内保持更少的人口，耕种阡陌纵横的土地，不受饥饿之苦。正是在一个多少算是免遭劫掠的小村庄里，我遭遇了一场冒险，这让恩迪亚克在这趟旅行中第一次感到不安。

清晨，我们离开前夜驻扎的营地，它离一个叫提亚里的小村庄不远。我们想在中午前赶到隆普尔村，该村位于一条与撒哈拉几乎分离的狭长沙漠地带的南部。一样的沙丘，根据风力和太阳在空中的位置而呈现白色或鲜红色，一样的恐惧，恐惧迷路和干渴，从大西洋沿岸到沙漠最东边，宽度不过二三里。

时间紧迫。天一亮，气温就会升到非同寻常的程度，连黑人自己都害怕。所以，必须不惜一切代价，在恩迪亚克所说的"太阳吃掉影子"的时刻之前赶到隆普尔村，那时，太阳悬于一切生灵头顶，将之无情地焚毁。

"起初我们是白的，"恩迪亚克补充说，"因为这个垂直于世界之上的太阳，我们才变黑。在一个极其炎热的日子里，被太阳追逐的影子跑到了我们的皮肤上，这是它唯一的避难所。"

两小时后，在灼热的光线之雨的锻打下，我们脚下的沙子痛苦地沸腾起来。我把脚插入火海，鞋子如死一般沉重，就像自杀者为了不再浮上生命的水面而绑在脚踝上的负重一样。从恩迪亚克开始泛红的黑脸推断，我的脸一定是猩红色的。但这次，恩迪亚克没打算嘲笑我，他是如此痛苦，尽管他的黑皮肤理应保护他免于晒伤。我感觉我的脸在帽子下被灼伤了。从我脖子上滴下的汗水顺着衬衫往下流，在背上就干了。我脱下了外衣，尽管它由轻薄的棉布制成，可我再也承受不住它在我肩上的重量。然而，我很快又把它穿上了，因为多一层布或许可以更好地保护我免受从天上直直落下的火焰的伤害。我们不停地喝水，但还是渴得要命。羊皮袋里温热的水不够我们解渴。我认为可以在塞内加尔酒糟果上做些文章，我把它粉质的果肉吸出来，与唾液混合在一起。但我每次张嘴都会吞下大口大口的干热空气，使我的舌头变干，喉咙深处起火。

当我们到达隆普尔时，脚下还保留着一小片忠实的影子。太阳还没有把积蓄的所有热量倾泻到我们头上。我们向井边快步走去。我们还没来得及问候村里的首领，他就命令他的人帮我们从井里打凉水。老人习惯了邻近沙漠里燥热的来客，把我们引到一个足以容纳我们所有人和村里好奇者的阴凉草棚。这里对我们来说简直太凉快，大量饮水后，我们被皮肤里涌出的汗液浸湿，几乎冻得发抖。虽然我没有脱帽问候隆普尔的首领，但一到阴凉处，我就在众人眼前把帽子摘了。大家发现我的头发被汗水浸透，额头上划了一条帽子染料留下的黑线。恩迪亚克因为在熔炉旅行里受苦而对我心生怨怼，但是当他看到我光着的脑袋时，突然大笑起来：

"阿当松，你把你的影子戴在了额头中间。如果我们的路线比隆普尔的沙漠更远，出来的时候你就和我们一样黑了。"

在场的所有人都笑了，我也笑了，以免自己再出丑。当他发现我身上的一片阴影时，恩迪亚克没想到他完全说中了。如果说帽子染料带给我的阴影只是表面的，那么，它一定也使我的血液染上了一种忧郁，在这次艰辛的旅行之后，这种忧郁就再没真正离开过我。但当时，我并没有感觉到。为了感谢主人们的盛情款待——他们还为我们提供了浇上骆驼奶的古斯古斯饭①——我决定在他们好奇的注视下夸张地解开我的头发，当时我的头发留得很长。

我知道，自己作为该地区黑人罕有接触的种族代表而受到关注，当我盘腿坐在席子上，被观众包围时，我慢慢地解开脖子下面装我头发的皮制收口袋，摇头晃脑地把头发散在肩上。我低着头，透过头发观察对面的孩子们。他们中最小的几个把我看作一头令人不安的野兽，却又似乎很想接近我。一个不超过一岁的小大胆突然从他大姐姐的怀里逃脱出来，大姐姐急得叫出了声，

---

① 古斯古斯（couscous）是北非的传统主食，由粗麦粉制成，蒸制后形似小米。

又不敢过来抱他。小家伙像虫子一样赤身裸体，脖子上挂着一个皮制的护身符，他跌跌撞撞地走了十几步后，过来抓住了我的头发，以免在最后关头摔倒。如果说有一个民族对小孩子有偏爱，那肯定是塞内加尔的黑人。在轻轻松开婴儿抓在我两大绺头发上的拳头后，我重新挺直了向他倾斜的上半身，将我浓密的头发甩向后面，就这样，我赢得了所有村民的心。我顺势让孩子坐在我跟前，突然握住他的右手，一个接一个地问出两个成年黑人见面时会相互询问的问题。我模仿这些问候语，让众人发笑：

"你姓什么？没遇到什么烦心事吧？过得还好吗？希望你家里都平安。感谢真主，我还行。你父亲还好吗？你母亲还好吗？你的孩子们怎么样？还有你的大姐，刚才你从她怀里跑出来摸我的头发时，她吓得大叫，她恢复平静了吗？"

我并不喜欢开玩笑，但我被这个游戏吸引了，特别是当这个正打量着我、还不会说话的小孩用与我相同的语调嘟哝着几个音节时，他似乎真诚地想要回答我的所有问题。

我和我的小小对话者让我们周围的观众哈哈大笑。

我们在隆普尔村短暂停留期间，村民们对我投来的喜爱和友好的目光再次向我证明，塞内加尔的黑人既不野蛮也不嗜血，却肯定是温厚的。

今天，当我老了，为你写下这几行字时，阿格莱亚，我一想到在我塞内加尔旅行后，这个孩子，我突然想起他叫玛库，可能在隆普尔村庄地区动乱期间被绑架，心里就很痛苦。大家是怎么和他说起我的，他遇到的第一个图巴布？他的父母和大姐有机会告诉他我们之间的滑稽对话吗？他今天是否仍与家人一起生活在隆普尔村，还是已经成为了美洲的奴隶？他是否有孙子，喜欢笑着告诉他们我们见面的故事？或者他被绑上铁链，诅咒着我的种族，心中认定是我预示了他生命的毁灭？

随着时间的推移，我亲爱的阿格莱亚，我们生命的欢乐与痛苦交织在一起，呈现出苦乐参半的味道，这一定就是伊甸园中禁果的滋味。

## 15

　　离开隆普尔村，我们走了一条东边的路，没有为更快到达佛得角而按原计划往南走。我向恩迪亚克解释我们要去梅克赫，姆布尔之后卡约尔王国的第二大要塞，他变了脸，没有答话。在我的追问下，他终于开了口：去梅克赫将会把他和所有随行人员置于莽撞的危险之中。我难道忘了他是瓦洛国王的儿子？我难道不知道他的父亲恩迪亚克·阿拉姆·博卡曾在战斗中打败卡约尔国王，许多战士因此而丧命？事实上，我知道在一七四九年，在我抵达塞内加尔不久前，卡约尔国王在恩多布战役中失去了离圣路易岛堡垒不远的沿海的恩迪耶贝内村。恩迪亚克的担心是合理的，但我必须遵循对塞内加尔租界主管的承诺，去收集关于梅克赫的信息，去了解它的确切位置、居民数量、卡约尔国王的扈从和军队的规模。正是以此为代价，我获得了返回佛得角的许可，真正的理由却不能向德·拉布吕埃先生透露：寻找返乡女人，并弄清楚她的故事。恩迪亚克处于被蒙在鼓里的尴尬境地。我对瞒着他感到自责，但为了保护他，只能对他隐瞒我与租界主管的交易。

我们的幸运在于，恩多布战役战败后，卡约尔的前国王被废黜了。玛姆·巴提奥·桑布被姆布尔的七人智者团选为国王，取而代之。但实际上，玛姆·巴提奥·桑布能当上国王并不归功于此次选举。是瓦洛国王，也就是恩迪亚克的父亲，暗中指定他为卡约尔的"达米尔"。和我一样，恩迪亚克对此事也一无所知。我们将一起在梅克赫发现这个秘密，这个发现将减轻我们对自身命运的担忧。

我们连续走了两天，到达梅克赫时，引起了不小的骚动。我们不禁猜测，全副武装的国王手下在通往梅克赫的路上对我们，包括我这个本该引起怀疑的白人放行，应该是以为我们要去参加玛姆·巴提奥·桑布国王的婚礼。

我们很快意识到，假装参加国王的婚礼而偏离了去佛得角的路线，这对我们还是有好处的。在村子北面的入口处，一位本地首领接待了我们，并为我们分配了住所。这是个小院，院内有五间茅屋，被一圈和人一般高的栅栏围住。头领让人取来几坛清水和能吃的东西。这一好客之道在当地语言里叫"特好客"（téranga），对此我并不惊讶，因为它是塞内加尔黑人普遍拥有的美德。但是，这一切招待或许表明了，这位首领在等着我们。国王的探子想必早就通知过他，我这个图巴布和我的随从要来梅克赫。我们稍事洗漱，一个相貌堂堂的男子领着两个身佩猎牛长枪的战士走进我们的院子，此刻，我更坚定了这一想法。

这个男人戴着与弗里吉亚帽形状相似的红色头饰，不同于本地首领，他在我面前没有脱帽，以此让我明白他的地位并不比我低。我也戴上了那顶穿越隆普尔沙漠时饱受摧残的帽子，彬彬有礼地请他坐到席子上，之前，我让人在院里的细沙地上铺了一大张席子。他在我对面坐下，跟索尔村首领巴巴·塞克可不同，我和塞克已成了朋友，因为我是法国人，我们共用一张席子时，他从来只坐在角落里。这个人目光直视着我，说出的一番话让我至今记忆犹新：

"我叫玛拉耶·迪昂。我以国王玛姆·巴提奥·桑布的名义感谢你，米歇尔·阿当松，感谢你陪同恩迪亚克，瓦洛国王、我们的盟友恩迪亚克·阿拉姆·博卡的儿子，到梅克赫来参加他的婚礼。"

这话让我错愕，我含糊不清地代表大家说了几句感谢话，想象小恩迪亚克站在我身后憋笑的样子。所以，不是他为我服务，而是我为他服务。一句话，我成了和对面使者相同的角色，我和其他人一样，只不过是恩迪亚克小王子的一员随从。我立刻寻思起来，这卡约尔国王的信使是如何知道我们身份的。难道说，刚离开圣路易岛，我们的身份就已经为人所知？我们还以为这一路上能守住恩迪亚克身份的秘密。

玛拉耶·迪昂起身告辞，以卡约尔国王的名义邀请我们参加第二天上午的部分庆祝活动；他将在当天第二次祷告后来接我们。我按当地礼仪送他到院子门口，他向我告辞，我回到院子里，发现恩迪亚克盘腿坐在席中央。他站了起来，使劲地眨眼以保持严肃，以他十五岁的身高打量我，俨然一位国王。我决定让他失去皇家仪态，于是谦逊地坐到席子一角，同时谄媚地脱下我的帽子。这足以让我们的随行人员，持枪的士兵和挑夫全部哈哈大笑。恩迪亚克笑出了眼泪，这是我们旅途中的第一次也是最后一次。

卡约尔国王已多次婚娶，这回娶的是个拉奥贝女人，据说是为了获得新妻族内长老对丛林动植物的神秘控制力量。与欧洲的君主不同，塞内加尔的国王们不担心门第是否对等。本地贵族被禁止通过联姻获取妻子氏族的隐秘力量，但国王可以给自己破例。

"拉奥贝人是开垦丛林的人，"恩迪亚克向我解释说，"他们拓展了王国的耕地。他们熟知在砍伐树木前需要背诵的祷文，知晓为使精灵远离丛林附近的村庄而必须采取的措施。没有拉奥贝人，国王们就找不到新土地来分配给朝臣和士兵。"

我那时很年轻，几乎从不避讳说出自己的真实想法，但我还是努力克制，没有去反驳恩迪亚克，说这种对人类神秘力量的想象只不过是赤裸裸的迷信。如今，我已老去，我认为这些信仰是世上某些民族为了限制人类对自然的掠夺而寻到的借口。我信奉笛卡尔主义，笃信我所推崇的哲学家们颂扬的全能的理性，但想象在这片大地上有一群男男女女知道如何与树木交谈，在砍伐前请求它们原谅，这让我感到欣慰。树木和人一样，是有生命的，倘若我们注定成为大自然的主人和拥有者，就应该对无节制的开发有所忌惮。现如今，我的人生阅历更加丰富，也即将走到生命尽头，我不再认为异族人尊重树木生命的世界观是荒诞的。

佛得角半岛与圣路易岛之间六十里海岸线上曾遍布乌木林，如今已所剩无几。在这两个世纪里，欧洲人大量砍伐乌木树，如今，它们装饰着我们的镶木写字台、珍品收藏柜和大键琴琴键。它们或显露或隐藏于大教堂的祭坛上，管风琴木壳、祷告席、布道台和忏悔室的雕刻细节中。有一天，在万物有灵论的诱惑下，我在祭坛装饰屏乌黑的木板前想到，倘若对每一棵被砍伐的树木来说，智慧的拉奥贝人所做的异教徒祷告是必要的，那么广袤的乌木林可能还没从塞内加尔消失。于是，我跪在半明半暗的教堂里，被上了清漆、布满钉子的树木残尸包围，开始请求乌木树宽恕那些人的罪过，他们砍伐它们，把它们锯开并运到另一片天空下，远离它们的非洲母亲。

## 16

梅克赫是一个设防的村镇，四周围起高高的藩篱，将大量的茅草屋环抱其中。在这里，大自然同样被迫向人类贡献木材，但大概获得了拉奥贝人的同意。恩迪亚克和我解释过，一位叫法尔巴·卡巴的战争领袖煽动他的敌人效法他，竖起带刺的藩篱，以保护某些村庄免于劫掠。他还告诉我，为进行战争或劫掠而召开的王室会议一般都在梅克赫这样好战的村子举行。

我们一定是被监视了，因为在此前经过的村庄里，我的白皮肤总是引人瞩目，此时却没有人，甚至没有孩子，躲在我们院子的栅栏后面窥视我们。在玛拉耶·迪昂离开后，我想去市场，路上试图跟遇到的人交谈，结果却是徒劳。对于我提出的关于集会频率、梅克赫人口数量的相关问题，我得到的只有礼貌的微笑和搪塞的答复。我担心他们会以为我真是个间谍，所以只好自己推测梅克赫的人口和规模。

我四处闲逛，估算出这里有两百户出头的人家，最多一千八百口人，比圣路易岛人口的一半略多。这处要塞的每个居民区似乎都有一口井，因此梅克赫可以承受数周围困而不缺水。在村中心的大广场上，巨大的市场里摆满了水果、蔬菜、谷物、香料、鱼干、丛林猎物和家畜的肉。我知道周边的小村庄似乎正遭受饥荒，而卡约尔王国这一地区的所有资源都被送到了梅克赫。我不知道这些信息对埃斯图庞·德·拉布吕埃是否有用。我打算把情报交给他，但是，阿格莱亚，你将在我后面笔记中读到，租界主管从未要求我把最后一次去佛得角的报告交给他。

## 17

　　第二天早晨，当天第二次祷告后，信使玛拉耶·迪昂如约来接我们。为了表示对卡约尔国王的敬意，我们穿上最整洁的衣服。我换了衬衣，穿上与礼服相配的淡黄色短裤。我把被隆普尔沙漠高温侵蚀的鞋子换成了柔软的羊皮鞋，把鞋上的带扣擦得锃亮。我用黑色天鹅绒缎带绑住头发，从箱子里拿出同样颜色的三角帽，我的干净衣服都存放在挑夫照管的箱子里。恩迪亚克也有一个装替换衣服的小箱子。他从里面翻出一条松垮的黄色棉布裤子。他套上一件染成靛蓝色的大衬衫，领口绣着金线，两侧开口，腰部用一条与裤子同色的宽布条束紧。他穿着黄色尖头皮靴，靴筒齐膝，以表明自己是血统高贵的优秀骑士。至于帽子，他张扬地戴了一顶与卡约尔国王信使相同的弗里吉亚式棉帽，帽带系在下巴上，他的这顶小帽是深黄色的，饰有更多的小贝壳，黑人会把这些小贝壳当货币使用。

　　恩迪亚克很骄傲，国王的贵宾是他而不是我。他慢悠悠地走在我们前面，左右转动脑袋，鼻尖迎风，皱着眉头。而我，在梅克赫迷宫般的狭窄沙土街道中继续数着水井。沿路走来，有三口井，周围鲜有房屋，与我前一天的观察可不一样。

　　还没到村子南门，我们来到了一块宽敞的方形平地，它的每条边上都站着上百个村民，一个挨着一个，我们开始听见十四只大小各异的萨巴鼓发出持续的轰隆声。我经过鼓手，来到广场的另一头，在我们刚刚经过的大门的对面，鼓声嘈杂，让我晕头转向。信使站在巨大的王室华盖下，指示我们在两个木雕宝座后面落座。

　　鼓声过于强烈，走近时，我感觉我的内脏在翻转，心脏被迫遵循它们的节奏。三分之一的鼓发出低沉的声音，另外三分之二以清脆的声音回应，领头的鼓手年龄最大，拍打出如大雨般噼里啪啦的声音。这个鼓手穿着当地流行的蓝白色棉布衬衣，两侧开口，看起来并不起眼，他击打着鼓面，灵敏而富有力道。他的萨巴鼓声从其他鼓声中跳脱出来，又与别的鼓点相应相合，仿佛一位老者用手杖断断续续地支撑着地面以免摔跤。其鼓声忽而骤起，忽而停歇，然后再次响起，仿佛老人在跌跌撞撞中疯狂地奔走。

广场上除了十四面鼓，还有两个年轻人四处奔跑着，逗观众开心。他们把塔玛鼓①斜挂在肩上，鼓身塞在左侧腋下，时而用弯折向手腕的左手敲打鼓面，时而用右手借助一小段顶端弯成直角的木头敲打鼓皮。他们用左臂二头肌内侧对鼓弦施加压力，随着压力的变化，这些鼓弦拉紧或放松他们猛烈击打的鼓皮，由此调节鼓声音调的高低。这两人像是国王的小丑，脸上挂着得意的笑容，把下巴缩进脖子里，两条腿来回挂在空中，挥舞着他们的左臂就像扑棱一只萎缩的翅膀。他们似乎在模仿塞内加尔河边那些巨大的捉鱼鸟，当捉鱼鸟感到困倦，便把头藏在一只翅膀下，用两条细长腿中的一条立着休息，它们会突然伸出另一条腿，以免失去平衡。

我和恩迪亚克坐在王国的头等贵族中间，而我们一行的其他人则被带到更后面的位置，在王室华盖的两侧。当我们在席地而坐的贵宾中挤出一条路时，我能

① 塔玛鼓是一种沙漏形状的鼓，两端各蒙一层鼓皮，两块鼓皮之间穿着许多鼓弦。

感觉到他们看我时那沉甸甸的目光。对于我们的问候，他们几乎毫无反应，移开视线，以免被说成是在观察我们。

漂亮的灯芯草席子散发出芦苇切割后令人愉悦的气味，我们刚在上面坐下，十四面鼓就安静了下来。在格里奥响亮的颂词中，国王骑着马缓缓前行。他和他的坐骑被一把红色棉质阳伞保护着，阳伞上镶有金边，仆人一袭白衣，直臂握着阳伞的长柄。

国王身材高大，穿着一件天蓝色的棉质外衣，两侧开口，面料上过浆，仿佛身着笔挺、闪耀的盔甲。一条带有金色流苏的黄丝巾缠绕在他腰间，人们可以看到，在长长的马镫里嵌着他那双黄色高筒皮靴，靴头是尖的，如同摩洛哥凉鞋。他头戴一顶血红色的毡帽，上面也有一条金色流苏，阳光照射时，就像一颗星星在他的右肩上闪烁。

国王骑的是一匹塞内加尔的柏柏尔马，灰色斑点的毛皮反衬出深红色的马鞍和他右手所持的同色缰绳。和马鞍、缰绳同色的皮制护身符挡在马儿胸口，掩盖住一部分结疤的伤口，那是一条隆起的粉色肉疤，想必是在战争中受过伤。黄色和夜蓝色的羊毛绒球装饰着马的面额。它没戴眼罩。国王不时地用左手抚摸它的脖颈。

新娘也骑着马，跟在国王后面。她的头和肩上盖着一块缀满金币的白色缠腰布。据恩迪亚克解释，国王来到未来妻子等待他的院子，必须从众多头上同样盖着缠腰布的年轻女子中找到新娘。按照传统，如果新郎能准确无误地认出新娘，那么这对新人将幸福美满，为了简化新郎的任务，新娘可能会选择极其华丽的缠腰布来遮住脑袋，以区别于其他人。

新娘的马和国王的马有相同的马具，皮毛同样带有灰色斑点。马的缰绳由一个神情威严的女人牵着，她身着白色棉布长裙，头上缠着相同材质的白布，应当是新娘最年长的姑姑。

国王夫妇在伞盖下坐定后，十四面鼓又响了起来。

我和恩迪亚克看着国王和王后的背影。他们背部挺直，端坐在座椅上，从我的位置看，座椅低矮，虽华美，却显得很不舒服。关于这两个小巧的雕花宝座的细节，今天我已想不起来，但我知道它们由拉奥贝知名工匠为祝贺新娘新婚而专门制作。国王的新妻名叫阿贾拉图·法姆，国王玛姆·巴提奥·桑布迎娶她是为了获得某种姓头人的支持。玛劳·法姆是新娘的生父，据说他洞悉树木的秘密，甚至可以雕出能自如行动的雕像，在没有月亮的夜晚去实施他授意的暗杀。

　　我不相信这些胡言乱语。但它揭示了一个道理，无论在哪里，为了掌握权力，统治者总有伎俩让底下人畏惧宗教的神圣力量。在至高权力的协助下，他们激发的畏惧与他们对失去统治地位的恐惧成正比。后者越大，前者就越可怕。玛劳·法姆的地位一定是令人艳羡的，他才会用这种致命的神秘感来包装它。他应当是个相当狡猾的人，尽管他的种姓被当地贵族所鄙视，卡约尔国王仍然毫不犹豫地娶了他的女儿，让他成为自己的盟友。

　　在后面的庆典活动中我发现，拉奥贝人的声名不仅来自其出色的木工，还来自其舞蹈技巧。这次婚礼以后，我再没见过比拉奥贝人的舞蹈更为放荡的舞姿。随着鼓点，十几个女人站成一排，对面有同样数量的男人。他们逐一从各自的队伍里走出来，在舞场中央结成对子。听从乐队指挥的指示，他们摹拟性爱的动作，癫狂又富有节奏，接着，每一对又回到各自的队列中去。而这番表演结束之际，两组舞者同时再次靠近，几乎大腿贴着大腿，我甚至以为在那天看到无数的胳膊和大腿纠缠在一起，在一片赭石色尘土中被抛向空中。

我曾经常在巴黎圣日尔曼市集上看到哑剧表演，演员们假装摔倒，被棍棒击打，还有许多其他恶作剧，他们表现得十分夸张，令观众觉得滑稽。看到拉奥贝人在舞蹈中模仿性爱行为时，我想，这可能也是娱乐大众的方式。但我必须承认，因不习惯这种表演，年轻的我可不仅仅觉得它滑稽。在这种被称为朗波乐的舞蹈中，拉奥贝女人扭摆腰肢，与鼓点相应相合，让人不禁认为，这场邪恶演出的真正指挥是女人们的臀部。我承认，看到这些丰臀美人像荡妇一样跳舞，我激动不已。

国王新妻一族的拉奥贝人在庆典伊始出尽了风头，现在轮到卡约尔国王了，他命令他的马儿们跳舞。起初，我不明白十来个骑士为何要缓缓接近大鼓。他们衣着华丽，衣服颜色与系在马鞍上缠腰布的颜色相匹配，缠腰布盖住他们的小腿，在马儿的两肋边飘扬。这些骑手和马儿同穿的缠腰布通常是日光黄、靛蓝或赭石色，阳光直射到沙地上，让我产生了错觉，我看到了半人马，古老传说中半人半马的生物。骑士依次开始在离国王和他的新娘几步远的地方跳起舞来，这一错觉更强了。

　　在我和恩迪亚克的座位处，国王和王后高耸的头饰不时地挡住我们的视线。我仿佛看到骑士的上半身取代了他们坐骑的头部，双腿被缠腰布遮盖，成了马腿。骑士们高举双臂，竭力掩饰他们隐蔽的御马术，我可以保证，站在我们面前的是微笑的巨人，他们让沙子在蹄下有节奏地飞舞。当十匹马一起起舞时，人群中的尖叫声响彻云霄，几乎盖过了十四位鼓手的击鼓声，尽管数小时的烈日让人汗流浃背，但鼓手敲打着鼓面，看不出一丝疲倦。

　　国王不动声色地向侍卫示意，鼓声戛然而止。马儿恣意舞蹈的巨大喧嚣过后，在寂静中，隆隆的鼓声继续在我脑海中回响，如此之强烈，以至于我感觉邻座的人能听见从我耳朵里冒出来的鼓声。这可能只是我的心跳，我的心适应了最低沉的鼓点不变的节奏，持续在我的灵魂里轰鸣。直至今日，在寂静的不眠之夜，我聆听自己的心，还以为听到了为卡约尔国王和他的新娘阿贾拉图·法姆响起的令人头晕的梅克赫鼓节拍。

　　国王和他的新王后重新骑上了灰斑点马。格里奥走在前面，开始高声吟唱颂词，他们回宫殿去了，那宫殿隐藏在迷宫般的小巷里，只有贴身侍卫才知道确切位置。他们消失在村子的南门后面，庆典伊始，他们就是经南门抵达的，大广场上开始了我无法理解的冗长而复杂的仪式，用二十一头白牛、黑牛和红牛进行隆重的祭祀。直到夜幕降临，我才看到沙地上挖出的大坑里点上了熊熊的炭火，上面烤着大块的肉，几小时前，也是在这里，女人、男人和马在艳阳下起舞。长长的木桩上架着长矛，长矛上面串着肉块，油脂滴落，火苗更加旺盛。

稍后，我们饱餐了装在葫芦瓢里的烤肉切片，在国王奴隶的伺候下用几品脱棕榈酒解了渴，就回我们的院子去了。在我们身后，献祭牲口的油脂燃烧出气味浓郁的烟雾，最后的几团烟雾升上丛林的天空。整整一夜，我们听见鬣狗、雌狮和豹子在村镇堡垒外争夺那二十一头牛的骨架，国王将它们赏赐给他的两类臣民：首先是人类，然后是拉奥贝人作为结婚礼物献给他的丛林中的生命。

18

　　第二天，卡约尔国王为了感谢瓦洛国王之子恩迪亚克出席他的婚礼，并感谢我护送他，让他的信使玛拉耶·迪昂给我们每人送来一匹年轻的红棕色塞内加尔柏柏尔马。这两匹马应该是同胞兄弟，两眼之间有相同的月牙形白斑，作为礼物，它们已被配上了马鞍。恩迪亚克的马鞍使我好奇。它和我的马鞍很不一样，我的马鞍和我前一天看到的那些马鞍相似，都是由红色或深黄色的皮革制成，镶嵌着银色阿拉伯式花纹，是摩尔人的风格。我装作若无其事，想后面再一探究竟。

　　恩迪亚克向玛拉耶·迪昂热烈致谢，并给他回了礼。尽管玛拉耶·迪昂算不上谦逊，我还是向恩迪亚克建议，把我来非洲前在巴黎最有名的钟表匠卡龙那里买的两块手表中的一块送给国王，希望借机消除我塞内加尔租界间谍的嫌疑。恩迪亚克向国王使者递上两块表中更精致的那块，并告诉他，就像我跟他解释的一样，法国国王和他的姐妹们拥有完全一样的手表。这块表因全新的精密机械结构在凡尔赛宫大获成功，在恩迪亚克展示手表的功能后，玛拉耶·迪昂向我们告辞。这个物件当时在宫廷里很流行，那时，小卡龙还没有成为博马舍①，还没有因在他父亲的钟表作坊里设计了一些发明而小有名气。

为了感谢其善意帮助，恩迪亚克很有分寸地以我们的名义赠送给玛拉耶·迪昂一把弧形匕首，刀柄是象牙的，皮鞘上镶嵌着银线。然后，我们送他到院子门口，按黑人的惯例，在他最终离开前，我们再次表达了感谢和敬意。他一转身，恩迪亚克就向我们的两匹马飞奔过去，马儿被拴在庭院中央一棵芒果树的树干上，安静地站立着。这两匹马是双胞胎，但我注意到它们的马鞍并不相同。我不顾已经想要跃上马背的恩迪亚克的抗议，

---

① 皮埃尔-奥古斯丁·卡龙·德·博马舍（Pierre-Augustin Caron de Beaumarchais，1732—1799），原名皮埃尔-奥古斯丁·卡龙，法国杰出的文学家、戏剧家、思想家和音乐家。他继承亡妻一块名叫博马舍的领地，改姓氏为博马舍。其父是巴黎著名钟表制造商，博马舍从小从父亲手里学得修理制造钟表的手艺，二十岁时发明了一种新的钟表零件，获得法国科学院的好评，被授予王家钟表师的称号，受到了路易十五的赏识。

解下了令我好奇的那副马鞍，想要仔细查看一番。

　　这副马鞍有棕色的皮革背垫，用来支撑骑手背部，还有三条带子，在马肚子下面系成环，这是英式马具的特征。虽无法确定，但我猜想，送给恩迪亚克的这个英式马鞍可能暗含着传递给我和塞内加尔租界主管的信息。卡约尔国王是否在向我们指出，他可以根据自己的意愿和切身利益，选择与英国人而不是法国人做生意？这一礼物被赠予传统上与法国人结盟的国王之子，在我看来，它可比长篇大论的政治演讲更有说服力。我想，是时候告诉恩迪亚克我与德·拉布吕埃先生的协议了，以免他父亲看到这个英式马鞍时连他一起责备。我不想让他认为在旅程中一直被我欺骗，我把他当作自己的朋友。

　　科尔-达梅尔是大西洋沿岸的一座临时村庄，卡约尔国王有时去那里和法国人交易，显然他在那里也和英国人交易。离开梅克赫，在去科尔-达梅尔的路上，我向恩迪亚克透露了向他隐瞒的情况。对此，他只是笑了笑，声称他也怀疑我为塞内加尔租界干活，尽管我不是租界的办事员。他觉得埃斯图庞·德·拉布吕埃要求我侦察塞内加尔北部的王国是理所当然的事。鉴于我们彼此交心，他甚至补充说，他一直在为他的父亲、瓦洛国王监视我。不过，他要我别担心，我可以信任他，他会保守我的秘密。他不会把全部实情都告诉父亲，只会汇报些细枝末节的事。

我不知道该如何看待他的坦诚。我不知道他是否像往常一样在开玩笑，或者他真是他父亲的间谍。我觉得奇怪，这样一个年轻人——当德·拉布吕埃先生让他跟我合作时，他才十二岁——竟然承担了如此重任。不过，在接下来的不幸旅程中，我发现，恩迪亚克尽管年轻、调皮，却始终忠诚于我。

眼下，卡约尔国王赠送的这匹佩英式马鞍的马让恩迪亚克感到如此高兴和自豪，在去往下一站的路上，他频频策马飞奔，感受速度带来的兴奋感。他的身后尘土飞扬，我以为很长时间都不会再见到他，但最多半里开外，我们又看见他站在坐骑旁边，抚摸马的脖子或检查它的腿和蹄铁，确保一切都正常。第三次临时休息时，我们看到他从自己的水壶里取水，双手舀着给马喝，之后，我劝他，如果他继续这样下去，他的马必然会病倒。

"或者，更糟糕，"我补充道，"你可能会失去它的尊重。像你的马这样为奔跑而生的动物需要恰当的理由才会驰骋。否则，当你真正需要它奔跑的时候，它不会尊重你的意愿。你这样频繁地停下来照料它，它或许会把你今天的心血来潮当成行为准则。按这种节奏，你永远无法驯服它。"

我看得很准。恩迪亚克为自己的身份而自豪，他认为听我的话有助于让他避免某一天在他的"同等人"面前丢脸。他所说的"同等人"，指的是他所属的王室家族的男女老少。自他年幼时，他身边的人就教育他，如同我们法国旧制度下的贵族接受的教育一般，当众遭受侮辱是不被允许的，必须当场尽力补救，哪怕为此失去生命。如果有人对他不敬，这不仅事关他个人的荣誉，还涉及整个家族的荣誉。

"你说得对，阿当松，我的马可不能显得可笑，因为它现在属于我的部族了。它虽是一匹公马，我将用这世上我最爱的人的名字给它命名。我母亲的名字，玛邦达·法勒。"

"至于我，"我回答道，"我可不会用母亲的名字给马取名。"

"你不喜欢它喽？"恩迪亚克立刻问道。

"喜欢，但没喜欢到要用我母亲的名字来给它命名。"

"所以，它会是一匹没有名字的马。"恩迪亚克总结道，显然毫不在意我话里带刺。

用严肃的口吻说完这最后几句话后，恩迪亚克让他的马紧挨着我的马缓步行走，然后，沉默了几分钟，他试图说服我改变路线：

"在向卡约尔国王赠送手表之后，我们能献给这位国王的最大的礼物就是避开皮尔-古雷耶。那是个叛乱者聚集的村庄，他那些不听话的臣民都看准时机跑去避难。阿当松，永远不要让看似最可行的道路来引导你的脚步！最成功的陷阱让人心甘情愿地陷入其中，因为人们会沉迷于通往陷阱的安逸之路。此外，在丛林里，捕食者……"

我早已厌倦恩迪亚克一句接一句往外蹦的谚语，于是在半空中竖起食指，打断了他，问他到底想去哪儿。随后，他用几句话向我解释，皮尔-古雷耶村的领导者是一位伟大的隐士，他指责国王没有严格遵守伊斯兰教教规。国王喝烧酒，不遵循每日的五次祈祷，娶了远远不止四位妻子，沉湎于拜物教、巫术和丛林的神秘力量。对玛姆·巴提奥·桑布国王以及他之前的几任国王来说，最严重的事情莫过于他们治下的自由民因为害怕被和国王一样不信教的卡约尔战士抓去做奴隶而纷纷逃入皮尔-古雷耶。在那里，他们成为学生，伟大隐士的门徒。为换取隐士的保护和伊斯兰教真正戒律的教导，避难的农民为隐士耕种田地。虽然圣人几乎没有军队，但他足以激发卡约尔国王的恐惧，使其不敢进攻这个村子。国王因政治原因宣称自己信奉伊斯兰教，他别无选择，只得保持头脑冷静，自欺欺人，就像一个脚被沙漠枣树的巨刺戳穿的人，出于自尊，还要拼命在他的"同等人"面前稳稳地走。

恩迪亚克为自己刚把卡约尔国王比作一个跛子而得意扬扬，他继续补充道："最好避开皮尔-古雷耶，那里的人知道我们从哪里来，不会好好接待我们。我们还是往西走到萨辛村，从那里我们可以到达科尔-达梅尔，然后向南走到最终目的地，佛得角的班纳村。我们得自己找路。正如我现说现编的一句谚语所讲——对不起，阿当松！——'走一条已有人走过的路不算好汉，开辟一条新路才算'。"

当我问他从哪儿获得这些知识的时候，恩迪亚克没有觉察出我语气中的讽刺，他一副饱学之士的模样，回我说，智慧没有年纪。

尽管他不够谦虚，但他的建议并不坏。他描述的卡约尔国王和皮尔-古雷耶伟大隐士之间的嫌隙将出现在我为埃斯图庞·德·拉布吕埃撰写的报告中。用恩迪亚克的话说，卡约尔国王脚上的刺让他备受折磨，我们没必要去得罪他。

我想要赢得这场争论并向他证明，如果我愿意，我也可以语出金句，用谚语表达。思考了几秒钟之后，我最终回复说我将采纳他的建议，因为：

"倘若有人胆敢表示，不相信国王像他们看上去的那么厉害，最强大的国王也会变得穷凶极恶。"

恩迪亚克笑着告诉我，我既对又不对。对的是听从了他的建议，不对的是想要像他那样用谚语表达，因为我的沃洛夫语不够好，在表达绝妙想法时难免说出粗俗的话。当我说到国王的"强大"时，我本意是指他们的绝对权力，他们往往渴望对其臣民拥有无限的权力，但我的话只能让人想到他们的性能力。我把一个词误用为另一个词。恩迪亚克在我们并肩骑行时指出了我的错误，他忍住笑，双眼同时眨了起来。他想迁就我的敏

感。毕竟，我是个白人，是个平民，但他最终说服了自
己，我是他的"同等人"。

在离开梅克赫的前夜，我向他简要介绍了我的族
谱，我想，我成功地让他相信，我的姓氏可追溯到一位
到奥弗涅定居的苏格兰远祖，后代在普罗旺斯开枝散
叶。恩迪亚克很重视对家族起源的记忆，他首先问我苏
格兰人到底是什么人。我告诉他，那是一个好战的民
族，一直与他们的近邻英格兰作战，因此，一个姓阿当
松的苏格兰人来到奥弗涅避难，寻求法国国王的保护，
话至此，他看我的眼神就不一样了。

他的世界观以某种方式影响了我。当我用战争的故
事来介绍我的姓氏的时候，我意识到，我们对自己的看
法在多大程度上取决于我们所面对的国家和人。在向恩
迪亚克讲述我的家族故事时，我同样发现，在学习一门
外语时，我们会受到另一种生活观念的浸润，它的冲击
力不亚于我们本身具有的生活观念。

我听从了恩迪亚克的建议，我们立刻放弃了去皮
尔-古雷耶的路，转而向西走。我们穿过几个荒芜的小
村庄，在从梅克赫出发步行的三天后，到达了科尔-达

梅尔的临时村庄。科尔-达梅尔距离大西洋海岸不到四分之一里，在沃洛夫语里的意思是"国王的房子"，它跟随卡约尔国王及其近侍的活动或出现或消失。国王会去那里跟欧洲人直接交易。他可能就是在那里购买了恩迪亚克的英式马鞍，或许是用几个奴隶做的交易。眼前的这个地方，只剩几根茅草篱笆，来自大西洋的风把它们吹倒在沙子里，让人疑心时不时会有人冒出来。我感到不寒而栗。

掠过鬼村的风不算太凉，但我觉得冷，也许是因为与我们此前一路遭受的酷热形成了鲜明的对比。我开始发烧，深深的疲倦感占据了我的身体。当天黎明时分，我开始感到喉咙不适，就像干燥的灌木丛突然起火。我看了看身边骑在马上的恩迪亚克，我记得自己似乎用嘶哑的嗓音问了他一个问题，自从我们站在那里看到半埋在科尔-达梅尔沙漠里的藩篱以来，这个问题一直萦绕在我心头。有多少代男男女女消失在这个村子附近的大洋尽头？时至今日，我不知道自己是否真的问过恩迪亚克这个问题。就算问过，我也已经忘记了他的回答。在从马背上跌落之前，我再次见到他惊恐的脸，他的右手紧紧抓住我的肩膀，试图阻止我坠落。

## 19

我在半夜醒来，不知身处何地，这种奇怪而陌生的感觉让我以为是高烧引起的幻觉。我知道自己躺在一间茅屋中，一股特殊的气味萦绕其间，它混合着铺在屋顶的稻草、墙壁上掺了干牛粪的泥土以及屋内烟雾的味道。我睁开眼，朝黑暗处望去，屋内并非漆黑一片。一团几乎无法察觉的半透明的浅蓝色光雾似乎飘浮在我的上方。我以为自己身处广袤宇宙和地球之间的空间，一个边缘地带，星系下空灵的夜晚被地球大气层最近的雾气照亮。假如那是黎明的微光，那它会通过屋顶或门上的缝隙逐渐蔓延进来，但蓝光依旧不真实地悬在小屋的半空中，太弱，无法照亮屋内。我一动不动，眨眨眼，试图估量这晦暗光线的强度，这时，一股特别的气味袭来，和我之前分辨出的味道混合在一起。

一股海水混合了新鲜海藻的气味笼罩着我。这是令人愉悦的气味，一丝咸咸的新鲜气息驱散了我发现自己身处奇异之地的焦虑，这里的黑暗并非漆黑一片。然后，我以为听到了类似水花击打的声音，但不确定我的听觉是否骗了我。我确信至少还有一个感官没受幻觉影响，并且我还活着，于是我闭上眼睛，睡着了。

我再次醒来时，日光已经钻进了小屋，屋顶下面不知为何挂满了大大小小的肚皮发黄的葫芦。我光着上身平躺在略高于地面的席子上，身上盖着一条厚厚的棉质缠腰布，缠腰布一直盖到下巴，但我并不觉得暖和。另一条卷起的缠腰布垫在我的脖子下面。尽管身体虚弱得让我以为自己已经许久没吃东西了，但我总体感觉还不错。我不渴，不发烧了。病体正在康复，不再遭罪，这种欣快感正慢慢浸入我的身体，使我伸展的胳膊和腿放松了下来。小屋入口狭窄，被一大张灯芯草编织席遮住，突然间，席子被掀开，一束光线涌入，刺得我睁不开眼。我立刻闭上双眼，再睁眼时，一个影子正对着我。

不过，亲爱的阿格莱亚，在继续向你讲述这个小屋里发生的、给我生活打上火红烙印的故事之前，我必须把时间线往前拉一点，以便你能更细致地想象和体验我所处的奇特情境。在我看来，接下来我要告诉你的，对理解后面的事件至关重要，而我直到坠马三天后，在经历了难以想象的痛苦之后，才从恩迪亚克口中得知实情。

再次见面时，恩迪亚克告诉我，当他在科尔-达梅尔试图阻止我从马上摔落时，他以为我死定了，那情形跟他的一个年轻叔叔从狩猎中回来时一模一样。据他说，他叔叔受到了一位丛林神灵的惩罚，因为他没有正确完成与猎物和解的仪式。恩迪亚克一度认为丛林中的神秘力量对我没有影响，毕竟我是白人，但当他看到我从马鞍上滑落时，他想起了我的罪行。前一天，在去往科尔-达梅尔的路上，在卓夫村附近，我用枪射杀了一只栖息在杞果树上的圣鸟。要不是我们的护卫将几个听到枪声的村民拦住，他们必定会杀了我为圣鸟复仇。

恩迪亚克相信是圣鸟的神灵向我寻仇，这也证明，我因一直说沃洛夫语，已不再完全是个白人。他让手下人把我平放在科尔-达梅尔的沙地上。他以为我已经死了。他摸了摸我的颈部和手腕处的脉搏，但什么也没摸到。他考虑是否应该将我就地掩埋，要按照什么宗教仪式来举行葬礼，这时，护卫队中最年长的战士从口袋里掏出了一面小镜子。这个男人大约五十来岁，对于塞内加尔黑人士兵来说算是高龄了，他叫塞杜·加迪奥。此前，我从没注意过他。他行事非常谨慎，只有满头白发引人注目。不过，正是这位塞杜·加迪奥引导了我们的旅程。这一次，他救了我的命，然而，不到一个星期，他又让我陷入了悲痛之中。

塞杜·加迪奥跪在我脑袋旁边，把他的镜子放在我鼻子和嘴巴正上方。镜面蒙上了水汽，证明我还在呼吸。他富有经验，恩迪亚克在向我讲述我陷入昏迷的两天里发生的事情时，毫不犹豫地承认自己完全信赖他。因此，是塞杜·加迪奥吩咐众人用埋在科尔-达梅尔村沙地里的残余篱笆制作了一副担架。也是他，指挥护卫轮流抬着我一路行进到佛得角的班纳村。

塞杜·加迪奥和恩迪亚克都认为最好尽快把我带到班纳。高烧使我陷入昏睡状态，在他们看来，这正好消除了我因感知强烈痛苦而可能给旅途增添的麻烦。为照顾我而频繁停下，将会使我失去最后一丝气力，难以对抗在我身上初获胜利的病痛。我的生命气息已难以觉察，病痛会以为我被击败，将不会对我穷追猛打。佛得角的凉爽气候有助于我康复，他们认为，这会让我在卓夫村杀鸟时冒犯到的神灵大吃一惊。

　　恩迪亚克和塞杜意见一致，我得躲开神灵的视线。他们用一大块裹尸布似的白棉布盖住我的全身，把我藏了起来。当抬担架的护卫休息时，他们会偷偷掀开棉布一角，用凉水打湿我滚烫的脸。之后，他们重新将遮布盖好，摇头晃脑，仿佛在哀悼我的死亡。恩迪亚克摆出一副宿命论者的模样告诉我，他当时经常喃喃低语，希望能被圣鸟的神灵听到："愿真主宽恕他，按照真主的旨意，他不得不离去，未能和其在法国的亲人告别。"

　　他们就这样让人抬着我，尽可能避开村庄，一路疾行到佛得角。他们涉水蹚过一片浅海湾，这湾海水滋养了一座盐湖，湖水在烈日高悬时会变成艳粉色，我上一次佛得角之行也观察到同样的现象。之后，为了能骗过追捕我的死神，他们选择在科朗普萨内森林的掩蔽下行进。他们这是在拿自己的性命冒险，因为这片广袤的枣树和棕榈树林里栖息着狮子、豹子和鬣狗，野兽常在夜间走出森林，在海边的佛得角村庄周围游荡。

　　近三十个小时的急行军后，班纳村出现在他们的视线中。那是一个月圆之夜，恩迪亚克和塞杜·加迪奥隐约看到了一只鬣狗和一头狮子，它们肩并肩，前爪搭在村边一间茅屋的屋顶上，张开大嘴吞食晾晒在屋顶的鱼干。人类认为非洲狮和鬣狗是死敌，但眼前这两只野兽明显是结伴而来。老战士塞杜示意队伍停下。他们耐心等待，直到这两只猛兽在黎明时分重新回到森林，没有引起它们的注意。

恩迪亚克告诉我，班纳村的首领对狮子和鬣狗结伴偷鱼干的故事并不感到意外。他只是回答道："万物都要生存。"看到我被担架抬着，他也不吃惊："我们的巫医早已告诉我，今天会有外乡人请求见她。跟我来，我带你们去见她。"

恩迪亚克告诉我，他们折回到村口附近的一个小院，那院里的茅屋顶上竟然就晒着一小时前他们看到的被狮子和鬣狗掠走的鱼。对他和塞杜而言，这似乎是命运的暗示，他们不知道这预兆是吉是凶。

如他们想象的那样，年长且富有经验的人才会拥有治疗的能力，他们在院子入口见到了一个老妇人，还没等他们开口，老妇人就向他们保证，她会治好躺在担架上的白人，尽管她憎恶这个种族的所有人。我的两个同伴不寒而栗，他们并没有在她面前掀开把我盖得严严实实的裹尸布，她怎么知道我是个图巴布？老妇人后面说的话并不能让他们安心：她早就知道我们是谁，知道我们要来见她。

恩迪亚克向我承认，他，包括年长且经验丰富的塞杜·加迪奥，都很不自在，因为这位巫医实在令人震惊。她拄着一根长棍，棍子上包裹着镶嵌贝壳的红色皮革，半张脸被巨蛇皮裁出的风帽遮住。除了风帽，蛇皮还盖住她的肩膀并一直拖到她脚下，像是一件活的斗篷。漆黑的蛇皮上有淡黄色的条纹，像抹了油一样有光泽。老妇人转身，一瘸一拐地回到院子的主屋，指挥我的同伴把我安置在那里，那时，她给恩迪亚克一种感觉，她是一个无法定义的存在，一半是女人，一半是蛇。在这件可怕的斗篷下，巫医的整个身体都隐藏在一件红黏土色布料缝制的连体衣里。她的下半边脸，也是她身上唯一可见的部分，被一种干的、泛白的泥土混合物所覆盖，混合物在她嘴角处龟裂，使她的嘴像身上裹着的蛇的血盆大口一样宽阔。从她的驼背可以推测出她年事已高，但她行动灵活，低沉着嗓音，每说一句话就用长棍在地上狠敲一下。她就这样发号施令，让恩迪亚克、塞杜·加迪奥和所有随从都不要在她院子旁扎营。

她让他们去村子另一边安顿下来，等我痊愈了，她会叫人去唤他们。

我的同伴们照做了，认为我的命运不再掌握在他们手中，而是掌握在巫医手里，医师吓人的外表让他们相信，她定会战胜折磨我的恶灵，那只我在卓夫村一枪打死的圣鸟的神灵。恩迪亚克承认，他不顾一切地向真主祈祷，请求让我躲过一劫，他知道如果我死了，他将不得不向父亲报告我们去班纳的真实原因。我们仅仅是出于好奇，就从圣路易岛长途跋涉，去听取一个自称从美洲回来的奴隶的离奇故事，国王如果听到这些，恐怕会对我产生不好的看法，恩迪亚克不希望这样。他认为这将贬低我的价值，而我若失去众人的尊重，他也会被波及，他的"同等人"可能会嘲笑他。

"当然，阿当松，"他在巫医住所对我讲述抵达班纳村的荒诞经过时总结道，"我会像哀悼朋友那样为你的死亡哭泣。但是，对我来说最难的是向别人承认，我在帮一个疯子干事。"

在我获救之后——我会在后面讲述获救的经历，恩迪亚克在一棵乌木树的树荫下严肃地说了这番话，我从这些话里意识到，我的年轻朋友已经在朝着瓦洛国王的身份而努力了。听到他这样说，我认为，为打破侄子承袭王位的继承顺序，他会毫不迟疑地挑起战争，夺取权力。他不是已经在试图用体面的外衣来打扮自己了吗？而我，因为是个白人，已经成为这华服的重要构成？我开始重新估量对他应有的信任，因为，一个人无论多么年轻，只要踏上权力之路，就只会将同伴看作巨大棋盘上任凭摆布的棋子。但我错了。恩迪亚克是我最忠诚的朋友。

## 20

昏睡了整整两天，我终于醒来，一个人影站在我面前。我刚从最初的头昏目眩中恢复过来，在屋里半明半暗的光线中看到那可怖的下半边脸时，以为自己又要晕过去了。一个人正站在我的床边，静静地看着我，有那么一瞬间，我以为一条巨大的蟒蛇正张嘴扑向我。我急忙用手肘撑着坐起来，用虚弱的声音问她要对我做什么。没有应答。她藏在蛇皮风帽下看着我，帽子散发出一股馊黄油味，混合着桉树皮烧焦后的典型气味。我明白过来，我必定是落在了巫医的手里，这些巫医知晓当地植物的秘密，在我掌握足够多的沃洛夫语可以听懂话时，曾努力向她们探求这些植物的知识。我之所以能清醒过来，一定多亏了这个人，我不必害怕她。

片刻间，她一动不动，我看不到她的眼睛，便感觉这一刻很漫长。我尽量让自己放下心来。随后，这个人仿佛突然下定了决心，用双手把风帽褪到肩上。

"您是谁，为何要找玛哈姆·塞克？"

我瞬间以为是新的幻觉：一个年轻女子出现在我面前，尽管她的脸颊和唇部涂着白色的石膏，我却不由自主地认为她非常美。她的半边脸没有被那面具般的白色硬壳覆盖，露出了黑色的皮肤，细腻、富有光泽的纹理显示出肌肤的柔嫩。辫发拢成高高的发髻，修长优雅的脖颈使她具有古代女王的气质。又长又弯的睫毛突出了杏仁般又大又黑的眼睛，让我想起在植物学老师贝尔纳·德·朱西厄 ① 的珍品展示柜里看到的一个埃及半身像的眼睛。虹膜和皮肤一样黑得深邃，与雪白的眼珠形成鲜明对比，像盯猎物一样盯着我。她仿佛具有催眠能力，双眼一动不动。我被吓住了，迟迟答不出她的问题，她弯腰从地上捡起一把砍刀，眼睛始终盯着我。刀逼近了我的脑袋。

"如果您不说出自己是谁，为什么和随从来这里，

① 贝尔纳·德·朱西厄（Bernard de Jussieu，1699—1777），法国博物学家。他曾在蒙彼利埃学医，于1722年成为巴黎国王花园的植物副讲师。1759年，他受邀管理凡尔赛国小特里亚农宫的植物园。他采用一种基于植物胚胎解剖学特征的分类方式，这种方式被他的侄子安托万-洛朗·德·朱西厄记录在《植物属》一书中。

我会毫不犹豫地割断您的喉咙。我可不怕有人死掉。"

"我叫米歇尔·阿当松，"我立刻回答，"既然您说自己是玛哈姆·塞克，那我也不兜圈子了，我承认，是好奇心驱使我来见您。我在瓦洛国王之子恩迪亚克的陪同下，来听您亲口讲述返乡的故事。"

"那么，您就是他派来的，像追杀猎物一样来追杀我！"

"'他'是谁？"

"巴巴·塞克，我的舅舅，索尔村的首领。"

"他担心您的遭遇，难道不是很自然吗？"

"您想说什么？"

玛哈姆·塞克觉得我应该没撒谎，把之前用来威胁我的砍刀放回了地上，然后继续说道：

"巴巴·塞克是个坏蛋。正是因为他我才如此不幸，伪装成老巫医躲得离索尔远远的……"

她不说话了，或许是因为说最后一句话时，她的声音在颤抖，而她出于自尊，不喜欢在别人面前哭泣。或许还因为她觉得有必要了解我与巴巴·塞克的关系。

我猜测，我必须先让她放下戒备，她才会开始对我讲述她的故事，于是我对她详细说出她舅舅告诉我的她从索尔离奇失踪的事，为了找到她，她舅舅一路奔走到圣路易岛的堡垒，向周围村子派出信使，打探是否有人见过绑走她的歹徒。在索尔，大家都以为她被陌生人绑架，卖给了奴隶贩子。我补充道，在和我谈起她的那个夜晚，巴巴·塞克告诉我，几天前，一个名叫桑甘·法耶的人从班纳村过来，说她从美洲活着回来了，就在班纳村，但不许任何索尔的人试图再见她。

最后，我跟她说，我被她舅舅讲述的故事深深地迷住了，决定从圣路易岛步行到佛得角的班纳村来解开谜团。这时，她似乎放松下来。我还躺着，用肘部撑着身体，为了使我难受的姿势得到缓解，她搬来一张木凳，坐到我的床边。于是，我可以把头枕在一块卷起的布上，正好能看到她。她不时地垂下眼睛看我，离我如此之近，我可以闻到她身上的花香，冲破了她肩上披着的蛇皮散发出来的乳木果油和焦桉树皮的酸味。

我们都沉默了，不太敢再看对方。玛哈姆·塞克突然问我，一个白人，来自海洋之主的种族，是否有可能仅仅出于对她的好奇心而步行这么远的路。我回答说，我来这里不仅仅是为了她，还为了发现新的植物，观察从圣路易岛到佛得角的丛林动物。我的工作是统计植

物、树木、贝壳、陆地和海洋的动物，在书里尽量准确
地描述这些动植物，这样，其他法国人从远处就能了解
我在塞内加尔当地的见闻。就算没有她，我也无论如何
不会白跑一趟，我会增长对这个国度的植物和动物的
知识。

"那么，您觉得自己和租界里那些做象牙、黄金、
阿拉伯树胶、毛皮和奴隶买卖的人不一样吗？"玛哈
姆·塞克答道。

我太乐意将自己介绍成一个例外的人了，我回答
说，我和塞内加尔租界的人没有任何关系，就算有，也
只是做做样子。我来塞内加尔只为观察动植物。

"您不知道租界肯定会利用您的观察报告吗？您要
么是天真，要么是昧了良心。"她反驳说。

这最后一句话甚至比她的砍刀更让我惊恐。我开始
担心她对我可能产生的看法。于是，我开始解释自己在
塞内加尔工作的特殊性质，由于不希望显得大言不惭，
我的声音更加犹豫不决。声称自己与他人不同，就是想
脱颖而出，而我隐约感觉到，为了配得上我在对方身上
感受到的高贵灵魂，或是为了博得她的喜爱，我必须谨
言慎行。这对我来说愈发困难，因为我说的是沃洛夫

语，在那个时刻，我真想能细致入微地掌握这门语言，以更好地表达自己；发烧的后遗症使我疲惫不堪，让我的表达更加混乱。

玛哈姆·塞克任由我晕头转向地解释。我一本正经，自称与塞内加尔的其他法国人不同，这时，也许是看到我五官深陷，面露疲态，她突然站起来，不客气地打断了我对她萌生的爱的发言。

她走到屋里一个昏暗的角落，从我所在的位置什么也看不见，顷刻间，她回来坐在我身边，手里拿着一个小小的葫芦瓢，形状像带弯把手的碗。她把它递给我，我慢慢地喝下里面的东西，是牛乳和猴面包果粉的混合物，味道酸酸的，比水更解渴，像面包一样填饱了我的肚子。这想必也是一剂灵药，因为我感到气力恢复得比我想象的更快。然后，她把蛇皮披到肩上，并再次把半张脸藏到布满淡黄条纹的黑色风帽下，她帮助我站起来，扶我走出屋子。

时值九月，雨季即将结束。天空中布满了硕大的云朵，近似茄子皮的颜色，越来越深，它们似乎凭借着吹拂它们的风，吞下了佛得角大地所有的红色尘土，稍后，又在倾盆大雨中，把尘土全部送还回来。

　　玛哈姆·塞克把我引到她院子里的一个角落，周围是和人一样高的栅栏。这里有一个古旧的褐色大坛子，坛颈很宽，里面漂浮着一个木碗，她示意我可以用它来洗澡。一团巴掌大的柔软秸秆上放着一小块黑色的肥皂，由灰和散发着桉树叶气味的硬膏混合而成。玛哈姆帮我脱下衬衫，用指尖捏住，扔进旁边装满水的葫芦瓢里。她将在小屋里等我，当我回到屋里时，她会给我一件整洁的干衣服。

　　天上随时可能裂个口子，在来塞内加尔前我就读到过，知道雨水会带来瘴气，于是我赶紧洗澡。我洗得很仔细，还把我的衬衫、短裤和袜子都洗了。在我用肥皂搓洗衣服之后，瓢里的水显现出暴雨中天空那茄子般的颜色，看到这番景象，我理解了玛哈姆的嫌弃，并感到羞愧。在洗了五遍后，我的衣服看起来接近它们原本的颜色了，一洗干净，我就把它们挂在保护这个地方不受窥视的围栏上面。起风了。我只来得及用玛哈姆留给我的缠腰布裹住自己，然后跑回小屋，她在那里等我。遮挡屋子进口的灯芯草编织席被卷了起来。我躲进屋里，转过身观看龙卷风的景象。

　　我首先看到血红色的瀑布从天而降。云是茄紫色的，因为它们吸收了风从地面吹起的所有尘土。这第一场雨对健康有害。一旦这条不洁的瀑布过去，干净、可饮用的水就会倾泻到地上。因此，在塞内加尔农村里，在暴雨开始的一段时间后，所有用盖子封住的坛子都会被打开，迎接这场好雨。

　　当我回到屋里时，玛哈姆正光着头准备出去，她只裹了一条从腋下穿过的缠腰布，在坛坛罐罐间跑来跑去，将它们的盖子取下。我看到她消失在院子里的一间小屋后面，也许她正忙着打开所有容器来收集这场好雨。起初，我惊讶地发现她没像往常一样装扮成老巫医，后来我想，她现在可不怕被村民们撞见，他们肯定和她一样，在忙着收集天上的雨水呢。

　　我任由小屋的入口敞开着，回到床边，玛哈姆把我发烧出汗弄脏的床单和缠腰布收走了，换上了干净的床单。香薰烟雾从一个带三角形、半月形和方形小孔的赭石色小陶罐里袅袅升起，空气中弥漫着浓郁的麝香味，混合着桉树皮的味道。屋子进口右边地上放着一个箍了金属边的大木盆，我之前没注意到。我折返回去，因为我似乎听到从里面传来汨汨水声，和昨夜让我清醒过来的水声一样。木盆的盖子是灯芯草编成的大圆扇，我把它移开，用食指去蘸水，我看到水面晃动，赶紧把手收了回来。我舔了舔手指：有盐的味道。我意识到，木盆里应该养着一两条海鱼，汩汩水声是它们在游动。我感到诧异，但我寻思，玛哈姆饲养它们可能是为了行医。

我回到床上，发现玛哈姆为我准备了一条白色棉短裤和一件两侧开衩的长衬衣。衬衣是印度棉布做的，漂亮的印花图案给我留下了深刻的印象。衬衣纯白的底布上饰有紫色螃蟹和黄蓝相间的鱼儿，布满了粉红色的贝壳，每个贝壳都藏在一束淡绿色的海草中。显然，玛哈姆给我的是新衣裳，我很感激她的善意，想着自己应当把胡子刮了，以最好的状态出现在她面前。我用手摸摸自己的脸颊，觉得留了三天、和头发一样红的胡子一定没法让自己显得帅气。但我的洗漱用品遥不可及。玛哈姆向我解释过，我的行李在班纳村的另一头，由恩迪亚克保管。暴雨依旧在倾泻，我没法去取洗漱用品，也没法通知旅伴们我已康复。因此，我决定回到床上，继续养精蓄锐，等玛哈姆回来。

我一心想着她赶快回来好继续听她的故事，就在快要睡着之际，我听到我的左边，在床靠着的墙后面，有坛盖的刮擦声，也许玛哈姆刚在雨中打开了盖子。我好奇是不是她，于是踮起脚尖站在床上，从茅草屋顶底部和屋墙上缘的连接处向外窥探。透过这个缝隙，眼前的景象让我为之震颤。

在去塞内加尔几年以前，当我还是个少年时，我差点进了修会。作为虔诚的天主教徒，我把羞耻心视作重要的美德，它让我们不至于太过频繁地犯肉体的罪。但是，尽管宗教教育给我立下道德准则，尽管我想从这危险而又美妙的景象中脱离出来，我还是没法把眼睛从玛哈姆·塞克身上移开，她全身上下一丝不挂，忙着一个一个地揭开容器的盖子，希望这些容器能被雨水灌满。她脱掉了会妨碍她行动的湿裹布，就这样自如而优雅的地全裸着走动，像还未被上帝逐出伊甸园的夏娃。雨水洗掉了她脸上的白泥，高高的颧骨和两颊上浅浅的酒窝显露出来，即便她没有笑，那酒窝依旧若隐若现。她饱满的乳房生机勃勃，像被雕塑家打磨过似的，纤细的腰身让圆润的臀部和大腿愈发光彩夺目。

她没有发现我在偷看，行动非常自由。她身体的任何部位都逃不过我的眼睛，我发现，在她成熟的女人之躯上，似乎没有一丝体毛的痕迹。

她裸露身躯展现给我的画面很快就结束了，随后，她走远，去了院子的其他地方。就在这片刻里，我无数次责怪自己没有足够的毅力将眼睛从美丽的玛哈姆·塞克身上移开。我重新躺下，被欲望和羞愧所缠扰，我用目光和思想玷污了她，而她却没料到我会偷看她光着身子在一场天赐的雨中奔走。

## 21

直到雨停，玛哈姆才回到小屋。她穿上了一件白色棉布衣服，闻起来有股刚被割下的青草的味道。我为撞见她的裸体而感到羞愧，什么都不敢对她说，打算找个借口求她原谅，让她在不知实情的情况下给予我形式上的谅解。

现如今，我已是个老人，觉得当时令我自责不已的并非大错。用道德约束来评价自然冲动，这岂不荒唐？但我必须承认，是宗教信仰防止我冒犯玛哈姆·塞克。若向她示爱，我可能会失去驱使她对我讲述自己遭遇的这份信任。倘若我们身处的世界赐予我们机会，我会请求她嫁给我。倘若她接受我的爱，我将熟悉她的躯体，就像男女相爱时，天性促使我们去做的那样。

我和玛哈姆面对面盘腿坐在床上，不到一小时以前，我正站在这床上偷窥她。她离我很近，我伸出手臂就能触碰到她。她的大眼睛凝视着我的双眼，充满了坦诚，让我心头发紧。我真想把她揽进怀里。她的举手投足有力而温柔，散发着优雅的魅力，让我着迷。屋子里的光线还很亮，她兴奋时会轻轻挥舞双手，我注意到她的手心里画着几何图案。暗红色的圆圈、三角形和圆点用散沫花纹在了皮肤上，我在回忆录中曾描述过这种植物的功效。在我看来，这些符号似乎在用一种只有她能破译的陌生文字讲述她的故事，就像算命的波希米亚女人，从一个人的手心就能识别他们的命运。

"我向您展露真容，并决定对您毫无保留，"玛哈姆柔声说道，"那是因为我觉得可以信任您。在我看来，您和我同族的、和您同族的其他男人都不同。"

她的第一句话就让我红了脸。她不认为自己说错了话。

"女人的美貌可能是一种诅咒，"她继续说，"我刚告别童年，美貌就给我带来各种不幸，让我流落到班纳村这个茅屋里。

"有一天，我说不清是哪一天了，我的舅舅，我母亲的哥哥，在我父母失踪后充当起我父亲的角色，在那一天后，他不再把我看作小姑娘了。我逐渐发觉，当我们早上来他屋前请安时，我站在他的孩子中间，他的目光只落在我身上。起初，我因他的关注而感到自豪，并努力表现以博得他的青睐。我告诉自己，被收留在他家我很幸运。但很快，他的目光让我困惑。他的目光满院子追我，如此执着，让我很不舒服，我感觉它抓住我的头发，压住我的肩膀，撕碎我的衣裳，将我吞噬。我拼命想摆脱他的视线，但没有用。我觉得自己就像一只羚羊，虽然跳得高、跑得快，但还是无法甩掉紧追不舍的野兽。

"我很快就明白过来，我的舅舅想占有我，我还是个孩子时就成了男性欲望的囚徒。我本不该遭受的祸事持续威胁着我，让我筋疲力尽，我决定提高警惕，与他保持距离。于是，为避免和他单独相处，我常常逃离他的院子，甚至逃离村子。很快，我每天有一大半时间都在索尔周围的丛林中度过。

"我的舅舅巴巴·塞克和他的妻子容忍我的逃避，原因各异。她，应该感觉到我正在成为她的对手，尽管我是无辜的，但还是令她生厌。他，则预备在丛林的角落里神不知鬼不觉地强暴我。我的表亲们年纪尚幼，他们惊叹于我的特权，可以跑到村子外面，还被免除了让他们苦不堪言的家务活。很快，我唯一要干的家务活就是在天黑前抱回一小捆用来点火烧饭的干柴。

"起初，丛林像舅舅一样让我害怕，但最终它成了我的避难所，我的家。我在林中四处奔跑，仔细观察丛林和它的动物居民，我仿佛也成了动物中的一员，也了解了许多植物的功效。如今，我在班纳村行医的大部分知识来自那三年。那时候，直到黄昏时分，我才背着做饭用的一小捆柴回到舅舅的院子。

"一开始，索尔的村民们觉得我的行踪很奇怪。不久，他们就习以为常了。清晨，在村子周围，我遇到去种田的男男女女，他们都亲切地和我打招呼。我当时还只是个孩子，但许多人开始请求我给他们带回一些花花草草。他们给我解释这些花草的功效，草药可以治疗这种或那种特定的疾病，这些知识或是源自他们的发现，或是源自父母的传授。我很快就吸收了村民们自愿传授给我的零碎知识，变得精通药理。

"我成功治愈了一个表妹，获得了一些名气。她胃口很好，却日渐消瘦。村子里已经有人在说，一个巫师，一个想要伤害她家族的恶灵在她的体内，正在吞噬她。当时，某些人已经在猜测，我就是那个恶毒的女巫，至少我是那样认为的，于是我决定尝试给萨迦尔治病，让这个开始伤害我的谣言不攻自破。

　　"我的成功，得益于我有机会观察丛林里的动物，而不过多地引起注意。动物已习惯我低调的存在，我悄无声息地融入了它们的世界。

　　"一天，我撞见一只离群的小绿猴，它瘦骨嶙峋，看样子病得厉害。它耐着性子从地里挖出一截灌木根，把根茎直往嘴里塞，直至噎住，然后咀嚼了很久。我很好奇，远远跟着它，过了一会儿，我注意到它一边排泄一边痛苦地尖叫，之后，它回头看自己的排泄物，又发出了满意的叫声。等猴子走远，我仔细看排泄物，粪便中央有一条长长的虫子，还有几十条小虫在蠕动。对此，我的结论是，对这只猴子有益的东西肯定也对患同样疾病的人类有益。我猜测表妹萨迦尔也遭到了虫子的攻击，因为她吃得多却依旧瘦，于是，我准备了这种树根的煎剂让她服下。她很快就摆脱了寄生虫的烦恼，是那些虫子夺走了她吃下去的食物的所有营养。

　　"这一功绩让我获得了巫医的名声，我的舅舅，作为村庄首领，当着众人的面表示满意，因为村民无需再去其他地方治病了。远方村庄的巫医索要很多实际的礼物作为回报。而我，只要有人向我求助，我都乐于提供治疗，我只接受他们自愿送给我的东西。

"任由我在索尔村周边丛林里游荡，却禁止其他孩子走进丛林，这份优待变得名正言顺，也正好顺了我的舅舅巴巴·塞克的心意。病人送给我的东西，我都给了他：鸡、蛋、小米，有时甚至有羊。他本可以继续享受我通过知识带给他的财富，并靠我进一步巩固村首领的地位，但他没能制服那个附在他身上想要占有我的恶魔，尽管我是他的外甥女，也是他众多孩子中的一个。

"经过三年的半自由生活，我已初现年轻女子的体态，舅舅首先发现了这一点。每次遇到他，他都盯着我看，目光凶猛，带着炽热的欲望。不过，我觉得在他眼里也看到了深深的不安，那是与自己作斗争的男人无休止的悔恨，是无法战胜自己变态爱欲的绝望。

"我对舅舅动了恻隐之心，这或许激起了我的神灵丈夫的愤怒，他或许下定决心，要在索尔的土地还未被乱伦的罪行玷污之前让我远离家乡。也可能是我对丛林的频繁造访引起了一位女神的嫉妒，她的力量强过我的神灵。无论出于何种神秘的缘由，原本是避难所的丛林突然间对我充满敌意。

　　"这么多年来，我从未让自己被任何野兽、任何爬的、跑的或飞的动物偷袭，白喉麻雀或小灰戴胜会提醒我最细小的危险，我掌握了猎物躲避天敌的所有绝招。然而，我看到他时，他离我只有几步了。为时已晚。

　　"舅舅抓住了我，把我紧紧抱在怀里。他是个高大有力的男人，我无力反抗。他眼神惊恐，在我耳边低语，似乎害怕在这个僻静的地方会有旁人听到他说话：'玛哈姆，玛哈姆，这么久以来，你知道我想要什么，你知道的。我们做一次，就一次。没人会知道的。之后我给你找个好丈夫……乖一点，就一次！'

　　"我知道舅舅想要什么，我不想要。有一天，在一棵树的遮挡下，我撞见一个村里的年轻人和来田里给他送饭的妻子。他们没看到我，我躲在树后面观察他们，他们疯狂而快乐地舞动，一会儿他在她上面，一会儿她在他上面。他们看起来很高兴。我听见他们在呻吟，甚至最后开心地叫喊。

　　"我被舅舅强有力的手臂困住，惊恐地呻吟着。我不可能同他做这件事。我们流着相同的血，有着同样的姓氏。如果他想要的事情做成了，我们就完了，村里的田和水井将被毁坏，他，我，索尔村将不可挽回地被我们的不洁行为所玷污。他让我做他的妻子，这不符合世界的秩序。

"我挣扎着，但舅舅已把我扔到地上，把他的全部重量压在我身上。他散发着烧焦的木头味，一股狂热和凶残的气味。从他额头滴下的刺鼻的汗水落在我的眼睛和嘴上。我对他喊道，他是要给我一个丈夫，而不是成为我的丈夫。为了让他恢复理智，我叫他爸爸。我试图让他想起我母亲、他的小妹妹的名字法蒂·塞克，以及我父亲、他表弟的名字博库姆·塞克。我向他喊出他孩子们的名字：加拉耶、恩迪奥古、萨迦尔和法玛·塞克，想让他记起我也是他们中的一员。但他已经不再是他自己了。他再也看不见任何东西，意识不到我是谁。他想要我，立刻，不惜一切代价。进入我。

"他已经扯掉了我身上的缠腰布，正试图分开我的双腿，这时，离我们不远处的丛林里突然响起一阵笑声，他一下子停住了。

"每门语言都有特定的笑的方式。我不知道这阵笑声来自什么语言，它让舅舅松开了手，但我仍然吓得发抖。也许是我的神灵，我的保护神，它化身为某种介于人和非人之间的存在，要把我从眼前的绝境中拯救出来。如果我的神灵离开我，无法再重返我的身体，我将有失去理智的危险。因为它，我才得以在丛林里生存。在我梦境中，它化身成不同的人形和动物，我能猜到它的存在，但不知它究竟附着在哪个身体上，也无法在当时认出它。

"然而，将我从舅舅的兽欲中解救出来的并不是神灵的化身，而是像您一样的白人男子，阿当松。在两个黑人士兵的簇拥下，他走近我们，再次发出高亢而生硬的笑声，有点像小鬣狗的叫声。他比您更加魁梧，和他的同伴一样带着步枪。他们一定是在索尔的丛林里打猎，或许我的神灵引导他们来救我。然而，我很快发现，我的神灵招来的是更大的邪恶。

"舅舅已经重新站了起来，我起身去拿缠腰布来盖住自己裸露的身体，这时，白人的笑声止住了。他目不转睛地看我穿衣服，贪婪地站着不动。他戴着帽子，宽阔的帽檐在他脸部投下阴影。他的眼睛闪闪发光。我遇见的白人不多，最多从远处见过两个，是从圣路易岛来我们村子附近打猎的人。这个人很奇怪，也很吓人。他脸上的皮肤有无数个小坑和斑点，就像圆月升上天际线时我们所见到的月亮的表面。他的两侧鼻翼浮肿，布满了紫色的小裂口，鲜红的厚嘴唇里露出全是黑点的坏牙。

"他盯着我，开始说话，用的是你们特有的语言，这门语言不需要张大嘴巴就可以发音，像鸟叫似的。他的一个黑人同伴把他的话翻译成沃洛夫语，我了解到，这个白人想跟我舅舅买我做奴隶，他甚至对我们是谁、来自哪里、叫什么名字都不感兴趣。

"尽管如此，我的舅舅巴巴·塞克还是引起了我的同情。他垂头丧气地站在那里，像一个扒窃被抓现行的可怜孩子。往常，他的威严让人敬服，而那一刻，我看到身边的他面对白人和两个卫兵受尽屈辱。他低着头，还在系着裤带，无法拒绝强加给他的买卖——要他把我卖掉。他是父亲、一家之主和村庄首领，在一种不能更坏的情形下被抓个现行。然而，他没有选择即刻赴死，没有选择体面的结束，我看见他已经认命，选择继续苟活，哪怕罪行的毒液将永远流淌在他血管里。当我意识到他会为了留住首领的体面而牺牲我，我的同情立刻消失了。他仿佛甚至松了一口气，因为命运给了他机会，把他的外甥女、他的诱惑、他的耻辱，从他的视线和生命里抹去。"

　　玛哈姆不再说话，看着我，似乎试图估量她的话对我的影响。或许，她看出了我的极度困惑。我自以为了解她的舅舅巴巴·塞克，却发现他与我的想象完全不同。我永远也不会相信，这个我经常见到的人，竟以这种方式失去了自己的外甥女。他继续微笑着生活，仿佛什么都没发生过，如果他隐藏在威严的外表下的罪行被人知道，他的威信会在一夜之间坍塌。他是否对自己感到不齿，像许多人一样，在分裂的灵魂中筑起一道墙，一侧是光明，另一侧是黑暗？他是否感到内疚，或是设法让自己与失去玛哈姆的行为脱离干系？

　　我想，巴巴·塞克对我编造外甥女失踪的故事是别有用心的。莫非他想引起我的好奇心，好派我当侦察兵，像驱赶猎物一样逼玛哈姆现身，助他用我还不清楚的方式解决她？他一定因玛哈姆的使者桑甘·法耶的叙述而心惊胆战，玛哈姆想要知道索尔村是否已举行了自己的葬礼，并要求任何人不得来班纳村见她。如此一来，她是不是在暗中威胁他，要揭露他的罪行？玛哈姆肯定把这一切都告诉了信使，以此来折磨她的舅舅，而巴巴·塞克以为把她卖给白人就能永远摆脱她。

　　另一个事实困扰着我，这一事实必定会令她对巴巴·塞克的复仇计划变得复杂。我坚信，她所描述的麻子脸白人正是塞内加尔租界的主管埃斯图庞·德·拉布吕埃。因此，我待在玛哈姆身边将置她于险境，其严重性是她远想不到的。

## 22

在我思索之际，玛哈姆喘了口气。夜色突然侵入了她的屋子。塞内加尔没有欧洲人熟悉的黄昏，天色的变化不像在我们的纬度那里那么缓慢，白天会突然过渡到夜晚。玛哈姆没有点灯，我认为她是对的。她要向我揭露的事实，正如她故事的开头显示的那样，只能借着夜色来讲述，在亮光下，她生命的创伤会更加丑陋，令人无法忍受。

"我的舅舅巴巴·塞克把我卖给一个白人，换回一支步枪。为了确保他能维持以前的体面生活，我必须消失。我徒劳地扑倒在他脚下，求他不要把我卖掉，向他保证我不会告诉村里任何人，他反感地背过身去，仿佛我是个让人恶心的物件。那两个陪同白人买家的黑人卫兵可能会把我的泣诉翻译给白人听，当着他们的面，我忍住没有喊出他是我舅舅。我不想让人说巴巴·塞克曾试图强奸自己的外甥女。这将会丑上加丑。

"我的舅舅急于在罪行暴露之前把我交给白人，他抓起卫兵递出的步枪，看都没看我一眼就跑了。而我比他更有荣誉感。白人和他的两个同伙始终都不知道，是我母亲的亲哥哥卖了我，用我换一杆枪。在混乱之中，在我被舅舅拖入的这场灾难之中，唯一对我重要的是荣誉感。世界在我的周围坍塌，在我的内心崩溃，而我正在拯救家族的荣誉。

"劫持我的人想要悄悄地离开索尔地区。于是，他们必须绕很远的路去河边，那里有一条拴在红树根上的独木舟正等着我们。我们在森林的掩护下长途跋涉，一路上，我本可以试图逃跑、喊叫，向我的神灵和丛林里所有的神灵求救，求他们助我重获自由，我做好了嫁给神灵的心理准备，哪怕不能生育，永远无法跟男人成家。但什么都没有发生：我既没有力气逃跑，也没有意愿逃跑。落在我身上的不幸让我消沉。我的双腿摇摇欲坠，几乎支撑不住身体。我的肩、背和脖子疼痛不已，我往前走，看不见周围的任何东西，悲伤和绝望得泣不成声。

"在船下水前，三个男人用渔网遮住我，把我直接扔进了船舱，尽管半边脸浸在臭烘烘的水里，我却突然睡着了。在突如其来的梦中，整个丛林都在滴血，我看见我的神灵丈夫披着黑黄相间的缠腰布朝我挥手，似乎在说：'回来，回来！'

"他是个英俊的男人，高大强壮，皮肤光洁，他在哭泣，周围的植物都是红色的，仿佛树和花草的表皮染上了成千上万只祭祀动物的鲜血，神灵带走了它们的尸体。我的神灵没有对我隐藏他的眼泪，向我喊，说他爱我，本该为了他自己而更好地看护我。他请求我原谅，因为那天他没有像我们在一起幸福生活的三年里那样保护我。然后，我感觉到他缓缓地瘫成一团，我依然被困在自己的梦里。他的嘴变成血盆大口，眼睛变黄，头缩小，成了三角形。包裹他的缠腰布嵌进他的皮肤里。他蜷起身子，抬起头，眼睛始终盯着我。我的神灵，我的保护神，是一条巨大的蟒蛇。在时机成熟之前，他就这样在我的梦中现身。我的启蒙还没有完成，我才十六岁，但这是在我跟索尔的丛林永别前，他留给我的最重要的东西。

"从这个虚幻的梦里醒来时，我已经不一样了。独木舟离开索尔村河岸时，我还很虚弱，而此时，我感觉自己格外有力。三个囚禁我的男人践踏我，我被绑在渔网里透不过气来，差点在独木舟底的臭水里溺死，而我却有种奇怪的感觉，仿佛身处险境的不再是我，而是三个劫持我的坏人。巨大的、近乎愉悦的颤抖沿着我的背部流动，此刻，夜幕笼罩河流，我感到跟看上去的似乎相反，我从猎物变成了捕食者。

"我感觉到独木舟的摇晃，想象我的神灵、我的守护神在船下潜行，等待时机将船打翻，把我救起。我感到小船下面强烈的摩擦，起初我以为他终于动手了，但这只是独木舟在圣路易岛靠岸时船体的刮擦声。

"小船被白人的两个同伴拉到沙地上。他们对他不满，因为他们花了天大的力气才把船拉到岸上足够高的地方，好让他在下船时不至于湿了脚。我听见他们激烈地咒骂，直到白人用沃洛夫语命令他们住口。不能骂出声了，他们就压低声音辱骂他的母亲、祖母和所有先人，他们一人一边，架着我的胳膊，粗暴地把我从独木舟底部拖了出来。天色昏暗，我被渔网罩着，但还是看清了他们。我的感官和知觉似乎强了十倍。我觉得视力、听力和嗅觉都比以前要好，似乎我的神灵丈夫，我的蟒蛇夫君，赐予了我超人的感知力。

"白人的两个手下是瓦洛国王派给他的战士，是雇佣兵，当白人在圣路易周边偷闲时，这两人可以保护他。一个士兵更加愤怒，因为白人下令用他的步枪来换我。他这样的职业战士，不带枪就像没穿衣服。他生性易怒，喜欢吵架，尤其在喝了劣质烧酒后，一旦认为别人不尊重他，就会肆无忌惮地杀人。塞内加尔的农民都惧怕和憎恶这种人，因为他们是奴隶制造者，是暴徒。

"我清楚地看见了那两个雇佣兵，我可以告诉您，阿当松，您随从里有一人，为了我而不得不让出自己的步枪。他的头发已经白了。我甚至知道他的名字：他叫塞杜·加迪奥。而另一个叫恩加涅·巴斯。"

玛哈姆陷入了沉默，似乎是在给我时间消化她讲述的故事。我还不知道这个塞杜·加迪奥是谁。直到次日我才从恩迪亚克口中得知，塞杜·加迪奥是救我的那个随从，当我在卡约尔国王的临时村庄科尔-达梅尔陷入昏迷时，他将一面小镜子放在我嘴前，检查我是否还有呼吸。也多亏了他设法做出了简易担架，我才能一路被抬到班纳存活下来。我和恩迪亚克一直怀疑埃斯图庞·德·拉布吕埃在我们的随从里安插了探子。从玛哈姆那里听到这个消息，我们的猜测成了现实，更何况这跟她的悲惨遭遇有关，戏剧感更为强烈了。

当我沉浸在这些苦涩的想法里时，玛哈姆已在黑暗中起身。我听见她轻轻走动，然后把硕大的灯芯草扇形盖子从装有海水的木盆上移开，暴风雨期间，我曾在屋子入口附近注意到这个盆。我立刻听见了小小的水花声，可能是鱼儿相互碰撞发出的声音。同时，前一天的半夜，在我醒后困扰我的那片模糊的蓝色光晕也缓缓地升到了房屋的空中，看起来那么不真实。多亏了它，我慢慢地看清了玛哈姆的轮廓，她的白色衣服反射出一圈清冷的光。

我突然明白过来。我为何没能早点想到呢？玛哈姆给了我们海洋之光。木桶里的水散射出的淡蓝色光晕近似于三年前我第一次坐船从圣路易岛到戈雷岛时在夜里看到的浅绿色光晕。当时，我跑到甲板上躲避舱底的闷热，埃斯图庞·德·拉布吕埃明知我晕船，却无视好客和人道的规则，把我安排在底舱。就在船停在大陆和戈雷岛之间的时候，我有机会看到了这一自然现象，这是经常穿越回归线的水手们常常谈到的现象。有时，在热带地区，大海会从内部发光，仿佛突然间拥有了奇异的能力，让人窥见深海中隐藏的奇珍异宝。我看见静止的船下有成千上万的光晕在移动，像缝在光之毯上的宝石一样熠熠生辉，其间镶嵌着丝状的海草，时而银色，时而金色，就这样，我不再晕船了。

玛哈姆收集这种带磷光的盐水，用来在夜间照亮屋子，这让我对她的柔情又多了一分。虽然我不赞同她对世界的认知，也不相信她的神灵，这种将人与自然合而为一的古老宗教的怪物的存在，但一想到我们同样喜爱美的东西，哪怕它们毫无用处，我就十分激动。即使这盆海水发出的光亮远不如蜡烛，更不如油灯，它却美得令人动容。

我和玛哈姆都能够感知到大自然的神秘。她，为了取得其支持，我，为了参透其奥义。倘若理性真的与爱情相关，那么爱她的理由又多了一条。

　　玛哈姆回来坐到我对面的床上，像天空中落下的羽毛一样安静和轻盈。我被深深地打动了，她似乎想将我们笼罩在这诗意的光线中，这被夜色包裹的天蓝色光雾，是她给我的质朴的礼物。我正准备用我贫乏的沃洛夫语词汇告诉她，我对她的感觉不仅仅是好感，这时，她打断了我，继续讲她的故事。

　　于是，我不得不安心做她的忠实听众。她用话语把自己托付给我，我试想这是为何。向我讲述她的生平，这是一种选择，一种挑选，是偏爱的标志。是否因为对她来说我是一个彻头彻尾的陌生人？一个男人和白人？也许，我注定只是个值得信赖的过客，匆匆而过。我感觉自己像是一个神父，聆听她的不幸，而玛哈姆随时可以将这些烦恼扔进大海，远离她的视线，获得自我解放。

　　"我们的独木舟一上岸，白人就不见了，他把我留给那两个战士看管，命令他们等到半夜再把我带进堡垒，以避人耳目。我的两个看守把我绑在离河岸不远的一棵乌木树树干上，他们坐在离我几步远的地方，抽着烟斗，喝了几大杯烧酒。我觉得此刻正是我的神灵丈夫来救我的好时机，但他没有出现。我想，我们所在的位置已经离索尔太远，他已无力救我。我没有坐以待毙，继续想法子逃跑。塞杜·加迪奥和恩加涅·巴斯并不在意我，我背靠树干坐在地上，双手被绑在树干的背面。我试图挣脱绑在手腕上的绳子，努力了半天，没有成功。于是，我决定保存力气，准备在机会再次出现时逃跑。

　　"机会没有出现在去堡垒的路上。在走了很长一段路后，两个看守最终把我扔进了堡垒里的一个房间。潮湿的房间被漆成白色，一扇我前所未见的厚重木门将它与外界隔绝。我待在那里，在半明半暗中席地而卧，依然怀抱希望。

　　"不一会儿，门开了，一个上了年纪的女人出现在门口。她手持一支蜡烛照明，畏畏缩缩地靠近我，反复叫我不要生气，不要紧张。她不想害我，给我带来了吃的、喝的、洗澡用的和穿的。一个小女孩跟着她，扛着用葫芦瓢装的羊肉古斯古斯和一瓮清水。这个女孩年纪很小，在烛光下我几乎看不清她的脸，在我吃了点东西后，她脱下我沾满泥污的缠腰布。我太累了，于是由着她弄。老妇人继续和我说话，与此同时，小女孩清洗我的身体，帮我擦干，并尽力给我穿上一件我从没穿过的不舒服的衣服，她们管它叫'裙子'。我感到局促，因为它一直垂到我的脚下，我意识到它会阻碍我迈步。这身包裹住我大部分身体的衣服是用一块鲜艳的布料裁剪成的，上面有一些我叫不出名的硕大花朵。这是一件囚服，她们给我穿上它，防止我逃跑。

"我刚穿好衣服，老妇人和小女孩就溜走了，两个战士又回来了。我们走了一段石头楼梯，裙子让我行动困难，好几次差点摔倒。一出堡垒，为了藏起我，他们把几个小时前在独木舟舱底用来遮盖我的渔网又扔到我身上。随后，渔网的重量加上新裙子的重量，我每走一步都会绊倒，他们见状，觉得最好还是把我裹上几层，像拎包裹一样提着，这样走得更快。我当时只有十六岁，比现在还要轻，但这并不能阻止两人咒骂瓦洛国王，是国王派他们去侍候这个天杀的、名叫'埃斯图布'的白人。他们并非奴隶，而是战士。他们迫不及待要回去为他们的国王作战。

"一路上，两人放肆地辱骂，指责对方没有尽力背我，突然，他们沉默了。在漆黑的夜里我什么也看不见，我听到他们一边走一边对一个守卫说，他们带来一个包裹，要放到白人埃斯图布的房间里。我感觉我们在上楼，他们的脚开始敲击和之前不同的地面，不像在河岸沙土上那样嘎吱作响，而是发出鼓面的鸣响。从他们的动作和放慢的步速来看，我们进入了一个要弯下腰才能前进的地方。他们最终把我扔在一个昏暗狭小的地方，没有把我从渔网中放出来。

"我觉得自己在木地板上躺了很长一段时间。渔网散发着鱼腥味，重叠的网眼让我透不过气，但我依旧能闻到地板散发出的怪味道。

"突然间，我被一阵骚动和几声尖叫吓了一跳。尽管姿势很不舒服，我很可能是睡着了，因为我似乎被光线淹没。地面在我身下摇晃，水声让我意识到，我是在一艘由白人、海洋之主建造的巨型独木舟上。也许，我会被带去地平线的另一边，去那个黑人永远无法返乡的地方。我快要哭了：我似乎永远无法回到我的索尔村了。"

玛哈姆沉默了，仿佛在思考自己说的话。有时候，当我们回顾自己的过去和曾经的信仰时，我们会遇见一个陌生人。这个人并非真的陌生，因为他正是我们自己。尽管他一直在那里，在我们灵魂深处，但常常被我们遗忘。而当我们在记忆中寻回他时，我们会赶在他再次消失前重新思考这个不一样的自己，有时带着宽容，有时带着愤怒，时而温情，时而惊恐。

当时，我以为玛哈姆也在想我所想。我想象，她或许和我同时抱有这些想法，就仿佛在沉重而悲伤的时刻，有些话语能够在两个交谈者身上引发同样的遐思。至少，我全心全意地希望如此，因为我爱玛哈姆。但她的故事让我担忧，恐怕她永远不会接受我的爱。因为我来自压迫她的种族。

24

在小屋半明半暗的光线中，我看不见玛哈姆的眼睛。微光中只有她头部和胸部的轮廓显现出来。我喜欢她温柔而坚定的声音，它的平静充盈了我的灵魂。所有语言，即使是最粗鄙的，由女性讲出来都更加悦耳了。对于我来说，本就极其温柔的沃洛夫语，在玛哈姆的口中愈显优美。

我已经到了忘却法语的地步。我陶醉在另一个世界，我亲爱的阿格莱亚，笔记里翻译的玛哈姆的话无法反射出从她口中讲出时那些复杂的光彩。也许，在我的美梦里，她跟我说一种只对我讲的、唯一的语言，而不是她和任何旁人交代故事时所用的那种。从她和我讲话的方式中，我感觉到一种说不上来的亲切，这让我心存希望：尽管厄运重重，但她仍将我和其他男人区别开来，无论黑白。

在我交给你的玛哈姆的叙述中，这一点并不直观。阿格莱亚，我可以向你保证，我翻译她的话并不确切，因为我掺杂了各种矛盾情绪，即便在今天，这些话语还引得我思绪万千。我补充一下，沃洛夫语具有法语所不具备的简洁性，我清楚地记得，有时玛哈姆用一句话对我讲清的事，我不得不用法语誊写成三四句。

玛哈姆也确实没有以我告诉你的方式向我详细讲述她的故事。但写着写着，我就成了作家。有时我记不清她的原话了，就会想象她的遭遇，但这并不意味着我在撒谎。因为现在我有理由认为，唯有虚构，即生活之小说，才能真正展示其深刻的现实性与复杂性，照亮其暗部，而大部分黑暗甚至连经历过的人都难以觉察。

玛哈姆继续向我讲述她悲惨的故事，而我用我们共同的语言为你叙述，我亲爱的阿格莱亚，这种语言也把我和我年少的爱人隔开。以下是她告诉我的后来在埃斯图庞·德·拉布吕埃船上的遭遇，我用自己的话讲述。

"我那儿的门打开了，我听见脚步声冲我而来。有人用脚踢我。是白人埃斯图布。我看不见他，但他嘴里用你们的鸟语大声叫骂。他似乎很生气，立刻就出去了，砰的一声关上了身后的门。不久之后，又有人进来，帮我除去身上缠着的渔网。

"这项工作并不容易，是那个在圣路易堡照顾我的老妇人使的力气。在稍微把我解开后，她发出了一声尖叫。我的脑袋吓坏了她。网眼嵌进了我脸颊和额头的肉里，我的半张脸几乎可以说被鱼鳞状的划痕所覆盖。我看不见自己，但我从老妇人的话语中得知，我的美貌已不复存在，甚至变得令人厌恶。我双眼浮肿，自打我从绑架者的独木舟上被带走后，眼里满是强忍住的泪水，而且我乱糟糟的头发一定散发出鱼腥味。前一天给我的裙子上沾满了污点，盖住了所有装饰的印花。

"这个自称苏吉娜的老妇人，边脱我的衣服边开始哭泣。她反复说：'我可怜的女儿，他们对你做了什么？'语气如此哀怨，差点让我也落泪。但我忍住了，因为我不想显现出丝毫的软弱。这个女人的皮肤像年老的大象一样皱巴巴的，她是白人埃斯图布的女仆。前一天，她帮我收拾、清洗，给我吃的，是为了把我完好地献给他。我还很年轻，但我已然明白，在这个我被迫进入的新世界里，白人主子用一支步枪买下了我，我将供他消遣。而我舅舅向他展示了我可以派什么用场。老苏吉娜可能也在为她自己的命运哭泣，因为她预料到埃斯图布会因为不能如愿以偿地尽快享用我而大为不悦。

"我不知道苏吉娜是如何跟埃斯图布说我的，但他让我清静了六天。得益于这段时间的休息、老妇人的照料和她每天早晚带给我的丰富多样的食物，我恢复了一些体力。从第一天起，她彻底清洗了我的身体，并展示了房间里一块被小木栏遮住的区域，我可以在那里解手：一种打了洞的椅子，下面塞着一个盆，她每日两次取出，将里面的脏东西倒进大海。

"头三天，我睡得像根木头，只在苏吉娜来照料我时才醒来。她特别注意护理我的脸，可以料想，当被告知我的脸完全修复后，埃斯图布会来造访。我决定不和这个女人说话。她似乎并不介意我沉默，仿佛怕给自己陈旧的记忆里装填上新的内疚，或许这种事经常发生。

"第四天，我稍微清醒了一点，睡得很少。我注意到一丝光线穿透了我床边墙板上方的那块紧绷的厚布。我曾听见这堵墙后的海浪声，从'巴多'——苏吉娜用法语这样叫它——的摇晃中，判断出我们是在海上。我跪在床上，掀开布头，下面藏着一块小木板。我滑动木板，一束咸咸的水柱打在我脸上，我更加笃定了。我的皮肤一阵刺痛，因为我的伤口刚愈合，但海风的进入让我舒服一些，我在这间房里关了好多天了。我大口大口地深呼吸，从此刻起，我无时不刻地重复这一练习，昼夜不停，这让我恢复了勇气。

"有了多一点的光线，我可以探索这个房间。阿当松，它远没有我们现在所在的屋子大。根据老苏吉娜对我说的，白人埃斯图布从圣路易岛坐船去戈雷看望兄弟时，可能就睡在这里。除了我的床铺，还有一张小桌子和一个大箱子，此外，我再看不到任何东西。在把我关进来前，他们必定清空了其他物品。

"我注意到，老苏吉娜早上会打开箱子，从里面取出一些衣物，应该是要拿去给埃斯图布的。她小心地用钥匙将它重新锁上，和锁我牢房的门一样仔细。这个木头箱子很大，被深色皮革包裹着，每根立柱上都用闪亮的大头钉加固，一个个钉子紧密地排列着。

"然而第六天，苏吉娜忘了上锁。她一走，我就去移开那块朝向大海的木板，让我的牢房获得更多的光线。在日光下，箱子上皮革的颜色似乎没那么深了。它散发出一种甜味，像是花的味道。我跪在箱子前面，掀开了它沉重的盖子。

"起先，我只看到一堆白色的衣物：一些袜子、衬衣、短裤，和你的一样，阿当松。我没找到任何有用的东西。我害怕被苏吉娜撞见，正要关上它，突然，我心一横，把箱子里的东西全部拿了出来，以确定里面没有任何有用的东西。最先出现在埃斯图布衣物下面的是一根罩在玻璃圆盘里的镀金小铁棒，我想我可以将它偷走而不被发觉。接下来是一条相当长的绳子，和刚才的东西是配套的，也许，它将有助于逐渐浮现在我脑海中的逃跑计划。

"我把箱子几乎翻了个遍，这时，我摸到一种奇怪的纹路。不是布料。在一件埃斯图布的长衫的遮盖下，我触到了某种柔软、有点油润、略微不规则的表面。我移开最下面埃斯图布的衣服，发现了令人震惊的东西。

"我的神灵、我的守护神的皮被叠成七层，刚好盖住了整个箱底。它是深黑色的，上面有淡黄色的条纹，和他出现在我梦里、变成巨蟒前所穿的缠腰布的图案一样。我简直开心和感激得要死。所以，我的神灵并没有抛弃我！他还在保护我，尽管我远离了索尔！我的发现并不是巧合，没有什么能改变我的这一想法。我的神灵没有死，他住在我心里，而我也会因他而继续活着。

"埃斯图布如何得到这张巨大的蟒蛇皮并不重要。也许是我们的一个国王送给他的，想向他展示塞内加尔动物有多么不寻常。也许是他自己猎得的，或者向别的猎人买的。如此收藏在他衣柜深处，显然埃斯图布很重视保养它，不让它变干和褪色。但我比他更有权得到这件蟒皮。他只会拿它来炫耀，可能会声称自己猎杀了一头怪兽。而对我来说，这件蟒皮庇护着与我结对的灵魂。因此，我把它从箱子里拿出来，卷了起来，用在同一个地方找到的绳子绕了数圈，然后束紧。我床下有足够的空间来塞我神灵的皮肤。我还小心翼翼地让一条缠腰布垂到地上，以挡住苏吉娜的视线。

"接下来，我有足够的时间把衣服收进箱子里，希望老妇人不会发现我这一番搜查。当她回来锁箱子的时候，她没有花力气开箱检查，而我则假装在睡觉。

"到了航行的第七天，傍晚时分，苏吉娜告诉我，我们已经接近戈雷岛，当晚，埃斯图布要来找我。她带给我一件漂亮的裙子，珍珠闪色布料，像阳光下大贝壳内部的颜色。我假装高兴地收下了裙子，我的态度鼓舞了苏吉娜，于是她悄悄告诉我要尽量对埃斯图布好一点。老妇人还说，我只有讨好他才能得到大好处。如果我合他心意，他会让我当他在圣路易的大姨太太。而且，只要用点技巧，一旦他回法国或者死了，我就会变得相当富有，可以摆脱任何靠山。凭我从他那里榨取的所有财富，我可以买个让自己称心的丈夫，还有，为什么不残酷地报复那个把我卖给埃斯图布的人呢？

"我由着她说那些她想让我相信的事，因为自从拥有了我神灵的皮，我发现他一直照看着我，我坚信苏吉娜为我规划的妾室生活不会发生。我生来就不是给埃斯图布当奴隶的，也不会当其他任何人的奴隶，如果有一天我能找我舅舅复仇，那也不是依靠我用美貌向白人骗取的财富。

"我微微点了点头，似乎在向苏吉娜委婉地表示，我开始接受他们对我的要求了。我穿上一种白色布料的短裤，裤脚到我的膝盖处，裤裆故意没有缝合。然后她帮我穿上贝壳色的裙子，没有系我背后的带子。我猜测她是想方便埃斯图布脱下它，这在后来帮了我大忙。

"日落后不久，老妇人带着一些'蜡烛'回来，一共七支，她点燃了这些蜡烛，把它们摆在一个大盘子里，放在床边的小桌上，床单也换过了。她对我说了一些'有经验的女人'（用她自己的话说）的指示。有可能她自己在年轻时也曾是一个白人的小妾。

　　"苏吉娜一定向埃斯图布承诺得天花乱坠，因为当他半夜走进这间已囚禁了我七天的房间时，他笑着露出了他的满口坏牙。他的笑并没有减少他眼中的暴戾。我像苏吉娜指示的那样躺在床上等他，内心的感受跟我初次和他目光交汇时相同。他似乎准备好要一口吃了我。

　　"埃斯图布戴着一种白色棉帽，系在下巴底下，穿着一件同色的宽大衬衣。在烛光下，他红光满面，皮肤下面逐渐布满了血点。他开始口齿不清地说一些莫名其妙的话，同时双手朝我的胸部伸过来。当他俯身来抓我的乳房时，我突然用偷偷握在右手里、贴着身侧藏在裙褶下面的镀金铁器——就是从他箱子里取出来的那一根——猛击他左侧太阳穴。这一击使他晕头转向，我趁机在他身下屈腿，然后立刻踢出，双脚猛踹他的胸口。那一刻，我的神灵一定和我分享了他的力量，因为埃斯图布的脑袋重重地撞上了并不比他高出很多的天花板，他倒在床边不省人事。

　　"我的首要关切，比摆脱裙子更重要，那就是移开埃斯图布笨重的身体，取出藏在床底下的我神灵的蛇皮。我脱光衣服，把捆绑我图腾皮卷轴的绳子系在腰间。我把它抱在怀里，吹灭了七支蜡烛后，拉开监狱的门。埃斯图布没有在他进来后上锁。门口是一条走廊，尽头有三级台阶。由于担心埃斯图布倒下时发出的闷响引人注意，我等了一会儿才尽可能轻手轻脚地跑向楼梯，一溜烟爬了上去。我神灵丈夫的皮卷并不妨碍我奔跑。它很轻，我感觉自己在飞。

"我几乎立刻就处于自由的空气中，虽然我准备好应对任何站在我面前的人，苏吉娜、水手或是埃斯图布的两个卫士之一，但我没遇到任何人。可以说，这艘船仿佛空无一人，又或者我神奇地获得了不被人看见和听见的能力。

"我躲在船舷一侧某种硕大的货物后面。我看着天空：从星星的位置来看，离天亮还早。月亮很暗，但我可以在右边看到一座岛屿的阴影，那应该是戈雷岛。在我的左边，与之相对，一大块黑色的土地挡住了地平线。但令我惊叹的是大海的神奇状态。它的内部闪闪发光。它放射出一层乳白色的光晕，当我走下船左侧的梯子时，感觉世界是颠倒的。我将要投入一片无比光明与开阔的液态天空，同时，我离开了一个封闭的、被沉闷黑暗所禁锢的地方。

　　"我并不害怕沉入大海，它如同倒置的天空——和所有索尔的孩子一样，我在离我们村子不远的一片水塘里学会了游泳。我一手抓着那卷保护神的皮，希望它能在被水浸透之前漂浮足够长的时间，我开始向佛得角的陆地游去。半透明的大海磷光闪闪，陆地反而显得更加黑暗。但幸运的是，船上没有人看到水中的我，这是我最后能躲藏的地方。

　　"在我神灵的保护下，我没有受到鲨鱼的攻击。它们在这片海岸出没，以那些因生病被扔进海里或试图游泳逃离戈雷岛的奴隶的肉为食。我不知道为了救我，我的保护神向海洋之神进献了什么贡品，一股强劲的水流将我快速地带向陆地。

　　"突然，大海暗了下来，与夜色融为一体。可以听到海浪缓缓拍打岸边的声音。我的图腾之皮开始沉入水中并把我往下拖，森林的巨大黑墙在慢慢向我靠近。短暂地被困在翻滚的泡沫中，我能感觉到脚底的沙子。尽管守卫海滩的尖锐岩石原本可能把我撕碎，但我有足够的力量拉住连接我们的绳子，把我的神灵从吞噬它的大海里救出来。

　　"我瘫倒在一片小沙滩上，这里离我从海上看到的大片森林很近。稍稍恢复了体力，我赶紧和我的神灵一起躲进最近的树底下。在深入树林前，我感到我正在进入一个和大海一样危险的植物世界。于是，我回到自己刚离开的那片浅色沙滩，它似乎是两个不同海洋之间狭窄的边界，这两片海现在同样黑暗。

"在下一步行动之前，我仔细观察天边，既没有看到埃斯图布的船，也没有看到戈雷岛。水流有可能把我带到了比我预期更远的岸边。我担心，如果埃斯图布没有因那当头一击而丧命的话，他会设法追捕我。于是，我躲在森林边缘的一棵树下，等待着海上的日出。

"大海和我一样赤身裸体：它出奇光滑的灰色皮肤在颤抖，偶尔被巨型白鸟的翅膀拂过，白鸟从天空中观察着看不见的鱼群。它们的羽毛捕捉并反射出粉色和金色的晨曦。它们响亮的叫声几乎盖过了大海巨大而规律的歌声。

"最后，我把我图腾的皮卷顶在头上保持平衡，空出我的手，走进了森林。我又饿又渴，但没有停止行走。起初是以最快的速度，后来一步一步走，筋疲力尽。在索尔村附近，我知道哪里能找到果子吃，且不用走多远就有河流和水塘可以供我解渴。但这里，在这片越走越密的乌木林里，我找不到方向，无计可施。我脑袋打转，腿直发抖，虽然头昏目眩，但我不能停下来。一定要走得离埃斯图布的船越远越好。森林潮湿的土壤里升起的热量，加上爬到空中的太阳，终于将我击败。在瘫倒在一棵树下之前，我只剩把我的神灵的皮拉到自己身边的力气。"

25

玛哈姆再一次停下了，似乎是要留时间给我消化她的话，以充分理解她的故事。她似乎很平静。而我在寻思着，三年前，我有没有可能和她在同一艘船上旅行，埃斯图庞·德·拉布吕埃的那艘。她跳入发光的大海，朝佛得角游去的那个夜晚，我有没有可能在甲板上透气却没看到她？

盆里的海水泛着光，微微照出我们的身影，我听见里面的鱼在轻轻游动。为什么玛哈姆要用这样的方式为她的小屋照明？是为了纪念她从埃斯图布——她如此称呼塞内加尔租界主管——的船上逃脱？我不敢提问。我想答案会出现在她后面的故事里，其实，它们已经呼之欲出了，令人难以置信，出人意料，暴力。

"我从半梦半醒间被唤醒，"玛哈姆继续说，"我感到一只长茧的手轻轻地放在我的额头上。我微微睁开眼，看见一张老女人皱巴巴的脸正俯身对着我，起先，我以为是苏吉娜。我发出一声尖叫，但一个颤抖的声音让我安下心来。老妇人笑得很灿烂，露出她仅剩的一颗牙，她告诉我她叫玛-昂塔。连续七个夜晚，她梦见了我，我将成为她隐藏的女儿。我将照顾她直到她离开，然后我将取代她。

"我不懂她话里的意思。我很震惊，在我精疲力竭之际她竟声称要我照顾她。玛-昂塔不停地重复说，她在梦里见过我，我是她隐藏的女儿，她的长寿之女。

"我闭上眼，她把手伸到我颈后，抬起我的头，用几滴水湿润我干枯的嘴唇。她突然沉默，但始终在微笑，递给我一截甘蔗示意我吮吸。我久久地吸食着蔗糖，才有力气站起来。她还是蹲在我身边一动不动，我意识到她已经衰老得无法自己起身。但她看起来并不担心，仍然微笑着，等我帮她站起来。我扶她时惊讶于她的轻。她还没一个小孩子重。

"说实话，我觉得玛-昂塔似乎又回到了快乐的童年，因为她对任何事情都笑个不停。她让我从她脚下拾起一根用红色皮革包裹的大棍子，上面镶满了贝壳，她笑着叫它'小兄弟'。她背对我，咯咯笑着走路，驼着背，步履蹒跚，就像甲虫攀爬隆普尔沙漠中的沙丘一样缓慢。

"我跟着她，把我的蛇图腾皮卷顶在头上，尽量按她的节奏走路，慢得让我感觉在原地踏步。许多问题涌上心头。这么年老体弱的一个女人，是如何在我漫游了几个小时的茫茫乌木林中找到我的？她从哪里来，又要带我去何方？这个玛-昂塔是真实的人，还是我的想象，是在逆境中偶然出现的童话人物？也许我还躺在树下，因体力不支而跌倒在那儿，奄奄一息。也许，在这片森林里，远离索尔村和我们熟悉的沙漠，玛-昂塔只是我的神灵，我的保护神给予我的最后的安慰。

"如果说是我的头脑在欺骗我，让我以为自己处于这种几乎不可能的情境中，一步步跟随一个飘浮在赭土色衣服里的老妇人，那么身体的疼痛就把我拉回到生命的秩序中。不，我已不在垂危的边缘，我的脖子也不再靠着乌木树根。现在，我站着，我真真切切地忍受着饥饿，尤其忍受着难耐的口渴。但我无权抱怨，甚至无权叹息，因为走在我前面的玛-昂塔一定比我更加痛苦。她的每一步似乎都需要付出巨大的努力。

"玛-昂塔头戴一个尖顶帽子，帽子由和她衣服一样厚实的赭土色布料裁剪而成，脖子伸向地面。她在身后的尘土中留下一条连续不断的痕迹，这条痕迹告诉我，她的左脚是拖着走的。我们渐渐离开了乌木林，进入一片椰枣树和棕榈树林，这片林子不太能遮得住阳光。玛-昂塔步子的节奏没有变，仍旧慢吞吞的。我咬紧牙关跟着她，庆幸她没有加快速度，因为我已经体力不支了。我想，或许她从一开始就预见到，我最终只能以这一速度前进。

　　"在未了解她之前，我觉得她的每一个行动和对我的善举中都带有某种教导，某种值得深思的见解。在见面之初显得健谈的她选择保持沉默，头也不抬地走她的路。我想要模仿她的一切，甚至拖着我的左腿走路，把我的脚放在她的脚印里，我相信，如果我有力气转身，我将分不清地上她和我的足迹。

　　"玛-昂塔教我——这是她的第一课——要以不变的步调走长路，这样才能消除身体的痛楚，就像无尽的鼓声会让人处于亢奋的状态。就这样，我突然从迟钝游走的状态中醒来，也许我的神灵为我担心，向我发出了信号，在我清醒过来的时候，夜幕已经降临，我始终走在玛-昂塔身后，而当我们进入这片椰枣树和棕榈树的树

164

林时，天还亮着。

"我快要哭出来了，因为一旦清醒过来，我浑身上下又开始疼了，这时，玛-昂塔突然停了下来。一头狮子和一只鬣狗横卧在路上，若不是它们长期混合了猎物血液和内脏的浓烈恶臭让我喘不过气来，我还以为自己仍困在梦中。

"两个本是天敌的动物构成了奇怪的一对，狮子和鬣狗一动不动，不屑于看我们一眼。当玛-昂塔继续走路时，本该扑过来将我们撕碎的两头野兽为我们让了路，并一直护送我们来到她在班纳村的小屋。

"玛-昂塔是巫医，正是她完成了我的启蒙。她造就我成为女人。她向我解释谁是我的神灵丈夫，我应该如何与他共同生活，避免冒犯他和令他嫉妒。玛-昂塔向我透露要献给他什么祭品才能让他依恋我。她教我如何保养他的皮肤，让那美丽的深黑色和淡黄色的条纹不会褪去。

"我是在三个雨季前来到班纳村的，玛-昂塔对村民的影响是如此巨大，以至于他们愿意相信，她抛弃了自己的衰老之躯，融入了我的身体。她不再离开屋子，我藏在我图腾的皮肤下，跛着脚，瘸着腿，在她的院子里接待前来治疗的村民。

"一开始，我会回到玛-昂塔躺着的小屋里，原原本本地告诉她村民们的诉求。她教会我倾听。她反复对我说，治病良方就在讲述疾病症状的人的话里头。如果不配合治疗的话语，她提取的植物草药就不会有治病的力量，因为人的第一剂良药就是他人。

"通过她温柔的话语，玛-昂塔抚平了我无形的伤口，她还反复告诫我，想要治愈他人，必须先治愈自己。但我认为，玛-昂塔并没有完全治好我，因为在她离开后不久，我想起了舅舅给我带来的所有不幸。我日复一日、夜复一夜地勉力摆脱这种想法，尽管我的神灵丈夫在梦中建议我不要这样做，我还是决定向他报复。"

玛拉姆用如此柔和平静的声音表达了她对复仇的渴望，我以为自己听错了：低声絮语与揭示她生平悲惨故事的那份坚韧似乎并不协调。

当时我二十六岁，笃信本世纪的哲学。对我来说，玛哈姆用沃洛夫语命名的神灵丈夫只是一种幻想。我并不怀疑这条蟒蛇的存在，它的皮肤穿在她身上，应该有二十英尺长，也就是说，换算成新的帝国公制，六米多一点。我甚至从黑人那里听说，在塞内加尔河上一个叫波多尔的村庄附近，有四十多英尺长的蟒蛇，能吞下一头牛。可按照我对世界的认知——我断定我的认知优于她的认知，我无法接受的是，玛哈姆把一些神秘力量归于这种动物，并想象它在看护她。但现在，当我转录她的故事，并尝试记起她用沃洛夫语告诉我的内容时，我不那么确定我的理性是否仍和当时一样占据上风。这是有原因的，我亲爱的阿格莱亚，你很快就会在我剩余的笔记中发现。

## 26

玛哈姆的信仰，我不敢苟同，我断定那是迷信，可我愿意和她共度一生。我们能幸福地生活在一起吗？假如我娶了她，为了让身边的人接受她，我会不会把我的信念强加给她？为了让我的世界宽恕我娶了一个黑人，我会不会想要撕下她的蛇皮，教她说一口流利的法语，用我的宗教戒律来教导她？

她的黑色之美和对世界的认知在她身上融汇一体，这是我对她爱的起源，但成见或许会促使我把她"洗白"。如果玛哈姆因着对我的爱，同意成为一个黑皮肤的"白人"，我不确定我是否会继续爱她。她会成为自己的影子，一副空壳。我最终还是会怀念真正的玛哈姆，就像此时此刻，在失去她五十年后的今天。

这一系列假设和玛哈姆结合后的相关问题，在当时，阿格莱亚，并没有像现在写给你的这样条分缕析。

如果我的生命踏上了那条因情深所至的路，它们或许会出现。玛哈姆对我的影响比我想象的更大。阿格莱亚，在临死前，我选择你作为沉默的倾诉对象，是为了让话语来治愈我这受伤的灵魂。

　　玛哈姆轻声告诉我，她已决定要向舅舅复仇，并接着讲述她的故事。摇曳的微光笼罩着我们，她一动不动，我不得不侧耳努力倾听，就好像她羞于提高音量。

　　"在玛-昂塔离开后，我开始想报仇的事。

　　"一个早晨，玛-昂塔对我说时辰到了，她要动身去森林，她就是在那里捡到了奄奄一息的我。她会在那里死去。没必要寻找她的尸体。她最后的遗愿是，在她离开七天之后，我要去取回她那根神秘的拐杖，她不会告诉我地点。我必须自己想办法找到。但别担心，这很容易，我只需要跟随她的足迹。

　　"不管我怎么哀求她不要抛下我，反复说她还没有对我讲完她所有的秘密，她都不肯听。她摇头说'不'，一直微笑着，坦然地露出她唯一的牙齿，那是她漫长而神秘的人生残存的遗迹，她从未对我透露过她的过往。'你现在知道的比我多'，每当我试图拖延她的离去，她就对我如是说。

"一个闲暇的清晨，她向我交代了什么时候该在她的屋顶上摆鱼，给狮子和鬣狗（她的两个神灵丈夫）喂食，然后，她就离开了。我哭着目送她消失在科朗普萨内森林的第一排椰枣树后。没有她，我的生命气息衰弱了，成了一个没有灵魂的躯体。我多么想她能常把手轻轻放在我的头上为我赐福，就像每个早晨我来到她面前跪下时那样。

"七天后，按照她的命令，我出发寻找她的'小兄弟'。我在一棵乌木树下找到了它。这并不困难，我只需要跟着她在地上拖出的棍子的痕迹——尽管她离开已经有一段时间，这条痕迹并没有消失。我跟着她的脚步，体会她在日月下前进所付出的努力，想象她是如何把最后的力气投入这条不归之路。

"我带着玛-昂塔的神秘棍子回到班纳村时，又想起了巴巴·塞克。他是我的过去，像溃烂的伤口一样令人痛苦。老巫医不在了，没人帮我从记忆中抹去那个致命的时刻：我的舅舅试图侵入我的幼女之身，仿佛那是一个心甘情愿的成熟躯体。愤怒再次袭来，犹如海浪在暴雨天总是怒不可遏，它们将最沉重的独木舟打碎，冲散，抛向天空。

　　"舅舅的一个画面纠缠着我。我再次看见他拿着步枪逃跑，那是埃斯图布用来换我的，他看都不看我一下，似乎我让他感到恶心。我被这段记忆不断侵扰，它正在摧毁我的精神。可能我会后悔没有听从我的神灵丈夫的声音，它对我低语，要我宽恕舅舅对我的所有恶行，我还是下定决心要惩罚他。

　　"这里有个人，他不会拒绝为我做事，因为我救了他女儿的命。桑甘·法耶年轻而无畏。他似乎有足够的本事去索尔村原原本本地复述我要他讲的话。我希望这些话会折磨我的舅舅，让他感受到他带给我的那种程度的精神痛苦。有些话可以治愈疾病，有些话可以慢慢杀人。只有我舅舅能听懂我让桑甘传话的言下之意。由于害怕真相被揭开，害怕蒙受耻辱，他会派人把我从这世上除去，这样，他编造的我的失踪故事就会继续真实下去。我威吓说，如果有人接近我，厄运将会降临在村里，这些话会把他引到班纳村，就像光亮吸引夜间的飞蛾。我没想到会有别的飞蛾，比如您，米歇尔·阿当松，来这里烧掉自己的翅膀。"

在玛哈姆的话中听到自己的名字，我脸红了。我以一种不光彩的方式进入了她的故事。我擅自闯入了一出我本不该扮演任何角色的戏。我的好奇心可能打乱了这个年轻女子对他舅舅的复仇计划。但我喜欢玛哈姆说我的名和姓的发音方式。它听起来像是"米塞拉·当颂"，非常特别，非常温柔，加上沃洛夫语的音调，仿佛向我揭示了好感的诞生，而她自己可能并未察觉。

"起初，"玛哈姆继续说道，"我想您可能是我舅舅或埃斯图布派来的，但这似乎并不可能，除非您在他们眼中只是个无关紧要的人，否则他们两个人都不可能说出试图强奸我的事。当我从您的随从中认出塞杜·加迪奥时，我心中产生了疑惑，我舅舅用我交换步枪那天，这个瓦洛族战士陪着埃斯图布。但这个塞杜·加迪奥没法识破我的伪装，因为我……"

玛哈姆的话没说完。我瞥见她从笼罩我们的蓝色阴影中突然起身，溜到屋子的一个昏暗的角落里，我就看不见她了。我伸长了耳朵，正要站起来，听到她对我低声说，无论如何，不论我看到什么，都不要动。她的指令在低语中仍然如此迫切，我只得照做，而且我想我确实做到了，否则，那晚我就会在玛哈姆的小屋里丧命。

按照她的命令，我一动不动。我感觉屋子外面一切正常。塞内加尔的夜晚是一场嘈杂的音乐会，充满了各种大小动物的叫声，有的在捕猎，有的被捕猎。听久了，最后就什么都听不见了。在这巨大的背景音里头，我没觉察到奇怪的声音，突然，我听到近处传来急促的跑步声，紧接着，挡住玛哈姆屋子进口的编织草席被三两下扯掉，力度之猛，似乎整个房子都在摇晃。一盏灯刺入我的眼，由于眼睛习惯了黑暗，灯光最初令我目眩，接着我逐渐看见对面显现出一个男人高大的身影，他向前一步，然后停了下来。我想，我认出了巴巴·塞克。

玛哈姆的舅舅左手提着一盏油灯，火苗摇晃着，他把油灯拿到面前来回移动，检查屋里的情况。他右手紧握着一杆步枪，枪上银色的装饰泛着柔和的光。他看着我，双眼无光。他看起来很疲惫。以前他接待我时总是精心打扮一番，衣着华丽，白色的山羊胡修剪得很仔细，现在，他蓬头垢面，衣衫褴褛，赤着脚，红色的尘土一直覆盖到膝盖。

在给我们讲了返乡女人的故事，给我们灌输了好奇心的毒药之后，巴巴·塞克一定跟踪了我和恩迪亚克，从圣路易一路到佛得角。为了不失去我们的踪迹，他冒着千难万险，不得不沿着隆普尔沙漠走，在梅克赫、萨辛、科尔-达梅尔停留。他不得不和我们一样，穿过科朗普萨内森林，最终，在玛哈姆治疗我期间，躲在这片森林的边缘。看样子，好几天前他就已经用光了给养。

"她在哪儿？"他突然压低嗓音问我。

我犹豫着要不要请他告诉我他问的是谁。这样的回答有些不合时宜。我们俩都知道他说的是玛哈姆。她是我们两个生命的共同关切。在我沉默之际，他的注意力被小屋入口处木盆发出的水声吸引了。他不再追问我，而是把灯放到地上，从我旁边走过，俯身往木盆里看。他打量水面，试图了解是什么东西在动，这时，我看见一个巨大的阴影从屋顶处显现，就在他头顶上方。

我吓坏了。我本想大叫，警告巴巴·塞克危险正向他滑近，但没有任何声音能穿透我的喉咙。死亡正在逼近，而他浑然不觉。那是一只巨大的动物，仿佛飘浮在屋子的空中。我瞥见它三角形的脑袋，几乎和巴巴·塞克的一样大，它有节奏地冲他的脑袋吐出黑色的细长的舌头，舌尖裂开，似乎有一条小的双头蛇正试图从它宽大、紧闭的嘴里逃跑，一离开就被吞噬。蟒蛇漆黑的皮肤上布满淡黄色的条纹，在巴巴·塞克放在地上的灯的橙色光线中闪闪发亮。

玛哈姆的舅舅丝毫没有意识到头顶上的危险，依旧低头对着水盆，我一下子明白了水盆的真实作用，它不仅可以用半透明的光为茅屋照明，而且是蟒蛇的食品柜。玛哈姆用鱼喂蛇，以满足它捕猎的天性，它的庞大身躯挂在屋顶的横梁上，把头伸进水里享受捕鱼的快乐。但现在，玛哈姆向蟒蛇献祭的不是一条鱼，而是一个人，他还不知道盘旋在头顶的威胁，正在思忖这个盆子的用途，就像那天晚上我反复做的一样。

蟒蛇的脑袋慢慢靠近他，出于所有生物在遇到致命危险时共有的本能——即便看不见危险，也有这种直觉，巴巴·塞克瞥了我一眼。我不知道地上的油灯是否已经亮到能让他看见我因恐惧而变形的脸，又或者他是否惊讶于我目光的方向，但他终于抬起了头。然而，就在他看过去的那一刹那，死亡降临在他的身上，将他一圈一圈地缠住。

那一刻，也许巴巴·塞克以为自己有时间朝蟒蛇开枪。但当他被动物的全部重量掀翻在地时，步枪射出的子弹并没有命中目标。子弹擦着我的脑袋边飞过，在我身后的墙上爆开。

蟒蛇落到男人身上时打翻了油灯，灯灭了。在那盆海水发出的微弱磷光中，我看见一团黑色的巨浪在地上扭动了很久。在昏过去之前，我听见巴巴·塞克的骨头一根一根地断裂，仿佛一小捆干枯的树枝。尖叫，喘息和咕噜声。

## 27

在巴巴·塞克死去的那刻，我昏了过去。不幸遭遇蟒蛇的猴子和人会中风，而昏厥使我幸免于此。

玛哈姆训练这条巨蛇当然不是针对我的，而是为了对付她的舅舅。她让我无论看到什么都要保持静止，这条指令救了我。玛哈姆洞悉这个怪物的天性。蟒蛇的视力很差，靠舌头来探测空气中的气息，只有猎物移动时，它才能定位它们。我遵从了玛哈姆的指示一动不动，看到蟒蛇时的恐惧更是让我浑身僵滞，这是天意。这雕塑般的静止也助我躲过了巴巴·塞克的步枪子弹。

我醒来时已不在玛哈姆的屋里。我身处露天，躺在一棵乌木树下。天很热，可我还是觉得冷。我的脖子酸痛僵硬，身体其他部分也一样。巴巴·塞克死时的可怕画面在我脑海中闪现，折磨着我。这种本能的恐惧依旧使我动弹不得，自从世界起源以来，每个受害者对这种恐惧的感知似乎都是独一无二的，但它对所有人来说都同样致命。

当动物在长时间逃窜后被死亡吞噬，它的躯体会变得僵硬，仿佛穿上了盔甲。一旦猎物被杀死，捕食者的第一项工作就是用锋利的爪牙或盘曲起来的身体的重压来消除猎物肉体的紧绷。我希望巴巴·塞克在感觉到自己的肌肉——他生命的最后壁垒——被蟒蛇的强力扭动碾碎之前已经幸运地失去了意识。

直到恩迪亚克坐在我旁边，将手轻轻放在我肩膀上时，我才松弛下来。造化弄人，我对他说的第一句话正是从巴巴·塞克口中说出的最后一句话：

"她在哪儿？"

沃洛夫语并不区分这句问话中的阳性和阴性，于是恩迪亚克不太清楚该如何回答。

"老巫医？她不见了。如果你指的是男他，我们在巫医的房间里找到了一具扭曲变形的男人的残骸。他的一只脚贴在大概胸口的位置，手里捏着一只压扁了的眼球，舌头伸在外面，脑袋开了花，内脏漏出来了。这可不好看，还特别臭！你知道那是谁吗？"

不等我回答，恩迪亚克就告诉我，他和塞杜·加迪奥等人一听到黎明回荡的枪声就从村子另一头赶来。没过多久，他们就在医师的屋子里发现了我，脸色白得像棉花，蜷缩在床上，不远处有一具不成形的尸体。他们跨过尸体才把我从那个坟墓里弄出来。一确定我还活着，塞杜·加迪奥就回屋去检查。出来时，他手里拿着一支步枪，可能就是它发出的声响惊动了他们。塞杜从大家跟前经过，脸色捉摸不透，他朝科朗普萨内森林的方向快步走去，命令大家不要跟着他，也不要进入屋内，巨蟒肯定还在里面。

我担忧的神情让恩迪亚克吃惊，他以为告诉我塞杜·加迪奥救了我的命会让我安心。是他想到把镜子放在我嘴前面来捕捉我最后的生命气息，也是他设计了临时担架，把我从科尔-达梅尔村抬到班纳村，送到老巫医那里。他是我的救星。

我任凭他说。恩迪亚克不可能知道塞杜·加迪奥认出了他的步枪，就是埃斯图庞·德·拉布吕埃命令他交换玛哈姆的那支。

"他要杀死她吗？"当他继续对我歌颂塞杜·加迪奥时，我打断了他。

"杀死那个老巫医吗？"

"不，那个返乡女人，玛哈姆·塞克。"

恩迪亚克一脸疑惑，我只得重复。

"对，玛哈姆·塞克就是藏在黑黄色蛇皮下面的人。玛哈姆·塞克，索尔村首领巴巴·塞克的外甥女！"

恩迪亚克沉默了一会儿，似乎是在记忆中寻找能让他猜出老巫医真实身份的线索。但他什么也没想起来，他不得不承认，和我一样，他无法识破伪装背后的玛哈姆。我不断询问玛哈姆的消息，看到我为她担心，恩迪亚克向我保证，塞杜不会杀死她。在没有获得神秘仪式的庇护之前，猎人不会取走任何生命。栖息在小屋里的强大生灵是值得敬畏的，必须谨慎对待。

恩迪亚克的话让我安下心来。尽管在我看来，这些迷信是不合理的，但是万一塞杜·加迪奥在科朗普萨内森林里找到了玛哈姆，迷信也许会阻止他杀她。这个老战士和恩迪亚克有着相同的世界观，认为人的生命和他们的守护神灵的生命是紧紧相连的。在他们心中，玛哈姆和碾碎巴巴·塞克的蛇是合二为一的统一体。杀死玛哈姆会让她的神灵迁怒于塞杜，因此塞杜恐怕不会在没有神秘力量保护的情况下去冒险对抗玛哈姆的蟒蛇。

我问恩迪亚克要喝的，他命人把吃的也一并拿来。

　　在开始讲述玛哈姆的故事之前——就是前夜她花大半宿时间给我讲的那个故事，我想，我在如此短暂的时间里被她所唤起的欲望和爱并没有熄灭。

　　除我以外的任何人都可能被巴巴·塞克的惨死所震慑，在惊恐中将玛哈姆和她为了杀死舅舅而饲养的蟒蛇混为一谈。这是理性的白人不能容忍的，他的想象力会带着他体验到这种感觉：对杀人蛇女的恐惧和厌恶。我倒觉得，玛哈姆的报复和她所遭受的罪行是相称的。即便那男人对她强奸未遂，但这意图本身已经打破了她生命的平衡，摧毁了她世界的秩序。她舅舅的行为粉碎了她的生活。玛哈姆让她的蛇图腾将巴巴·塞克盘曲碾碎，在我看来是以牙还牙。

　　当我陷入沉思之际，班纳村村民给我和恩迪亚克送来一瓢鲨鱼肉古斯古斯，我初到塞内加尔时不喜欢这道菜，后来却爱上了。如果有人向我预言这一点，我绝不会相信，就像我从未想过自己会疯狂地爱上一个黑人。在塞内加尔生活了三年，我觉得自己似乎成了地道的黑人。这并非人们以为的那样是习惯使然，而是因为连续说沃洛夫语让我忘了自己是白人。我已经好几个星期没有说过法语了，通过努力，我的舌头已适应了外语词的发音，我的味觉也爱上了盘中食物和异域水果。

　　恩迪亚克耐心地等我吃完饭。根据当地习俗，我用他们给我的一小瓢清水洗了右手——我吃饭时只用这只手。然后，我背靠在乌木树树干上，一小时前我就是在这棵树下醒来的。我开始向恩迪亚克讲述玛哈姆·塞克的故事，我压低嗓音，以免被我们的人和旁边的村民听见。

　　只要些许不注意，一个词换成另一个，在两个太长或太短的句子之间犹豫，就足够让恩迪亚克视玛哈姆为怪物。好几次，我以为在他眼里读到了怀疑和惊恐。他一边用右手指尖轻敲嘴巴，一边不断发出类似的声音："吁咴咴。吁咴咴。"据我所知，只有塞内加尔的沃洛夫人才使用这种拟声词。恩迪亚克的惊异表情让我忧心，因为我希望为玛哈姆争取到他。他可不能把她看做杀人犯，她是强奸的受害者，有两个男人要玷污她：第一个是她的舅舅，因为妄图占有她而变得扭曲，接着是埃斯图庞，用塞杜·加迪奥的步枪交换她，试图完成她舅舅未竟之事。我决定采用诱惑性的叙事，同时，我也没向恩迪亚克隐瞒我爱上了玛哈姆，这样一来，如果他真是我的朋友，哪怕她使他感到恐惧，他还是会帮我救她，以免她在被塞杜·加迪奥找到后遭受惩罚。

因此，我尽力向恩迪亚克表明，玛哈姆是个十分美丽的少女，我非常爱她，甚至向他坦白我曾撞见过她的裸体，好让恩迪亚克更好地理解我对她的情感。和同龄的大多数年轻人一样，他把欲望和爱混为一谈。关于巴巴·塞克的死法，我决定撒个谎。我没有向恩迪亚克隐瞒我觉得合理的事情：玛哈姆养了一条巨蛇来杀她舅舅。但我告诉他，在我被巴巴·塞克死时的惨状吓晕之前，我清楚地看见玛哈姆跑过她屋子的门槛。这不是真的，但对我来说，重要的是要让恩迪亚克对此深信不疑。

"吁呔呔……你确定吗，阿当松，蟒蛇杀死她舅舅时，你看到玛哈姆出了屋子？"

我说了好几遍"是"，让他放心。此外，在我看来，这算不得什么弥天大谎，因为就算我没亲眼见她走出屋子，毫无疑问，她也在我失去意识的时候这样做了。

不过，在认真听完我的话后，恩迪亚克撇开我所亲历的最终犯罪现场不谈，要我回到另一个令他难以置信的时刻：玛哈姆从埃斯图庞·德·拉布吕埃船上逃跑的那一刻。

　　"但是，阿当松，如果玛哈姆和你讲的是真的，她怎么能从船上逃跑而不被人发现呢？我在圣路易见过那条船，我知道总有一两个值班水手守着甲板，哪怕到了深夜。玛哈姆不可能从船上跳下去而不被……吁哒哒！"

　　恩迪亚克脑海中闪过的画面是如此可怕，以至于没能把话说完。我不得不再次撒谎，改编玛哈姆告诉我的故事。我于是杜撰说，她跨过了一个横躺在甲板楼梯上昏昏欲睡的水手。卷走她的海浪是如此有力，尽管她入水的响声惊动了水手，但后者不敢放小艇下海去追捕她。

　　我惊讶于自己能如此轻易地将假想的波折编织到玛哈姆的故事中。我理解恩迪亚克的疑问。如果我当时可以打断玛哈姆，我会亲自问她这些问题。她把故事情节串联得如此紧密，我不可能冒着惹她讨厌的风险去中断故事的讲述。我承认，我被她的故事吸引，对某些前后不一致的环节也没多加思考。为了让恩迪亚克与我共同捍卫玛哈姆，我决计对这些环节闭口不谈。

　　因此，我避开了玛哈姆故事中的这一环：老巫医玛-昂塔在一个预兆梦的指引下，在森林中找到了奄奄一息的她。而且，玛哈姆声称是一头狮子和一头鬣狗护

送她和玛-昂塔来到班纳村，我不认为向恩迪亚克复述
这件事是明智的。这个插曲让我想起伊甸园里的原始画
面，动物们从不相互攻击，哪怕是最针锋相对的天敌。
我发现对这个插曲保持沉默是对的，因为很快恩迪亚克
就告诉我，在科朗普萨内森林的尽头，当我还躺在临时
担架上昏迷不醒时，他亲眼看见一头狮子和一头鬣狗肩
并肩，灵巧地叼取晒在班纳村一间屋顶上的鱼。那正是
玛-昂塔和玛哈姆的屋子。

28

塞杜·加迪奥肩挎步枪，走在玛哈姆身后几步远的地方，显然他不害怕她逃跑。

他在科朗普萨内森林北边的深处，靠近森林边缘的地方找到了她。发现她不是难事，她的足迹十分明显。在她的脚印旁边有一条连贯的痕迹，是她用棍尖在地上拖行留下的，仿佛是为了方便跟踪者定位。她背靠着一棵树坐着，那是这座布满枣树和棕榈树的森林里唯一的一棵乌木树。她告诉塞杜，她在等他，如果能让她把棍子埋在乌木树下，她会顺从地跟他走。塞杜同意了，据他描述，那根棍子上包着红色的皮革，还镶着贝壳。埋好那根棍子之后，她自己走上了回班纳村的路。

我的眼里只有她。玛哈姆穿着一件蓝白相间的长裙，一直垂到脚下。在这件两侧开口的长裙下，是与前晚相同的白色衬裙。她的长发挽在淡黄色的头巾里，头巾结隐藏在布料的褶皱中。她昂首从我面前走过，看都没看我一眼。她的步伐轻盈，仿佛在地面上滑行。

我的心怦怦直跳。她没有看我，我很失望，同时也松了一口气。她的眼神能告诉我什么？我痴想她眼中能流露出和我一样的爱。但又想，她不可能喜欢我。我与其他男人没有任何区别，除了我皮肤的颜色，而且她可能厌恶这肤色，就像大多数白人妇女不喜欢黑人男性的肤色一样。我很痛苦。我深深地恋上了玛哈姆，却认为她不可能喜欢我。设想她会爱上我，设想她的爱和我的爱一样自发生成，在没有预设、没有让步、没有内部交易的情况下进入她心里，那是荒谬的。玛哈姆的生活远不利于爱情即刻开花结果。她的不幸源自那些把她当作玩弄对象的男人。她会不会把我的求爱误认为是单纯的肉欲，一旦满足就将她抛之脑后？为了向她，也许也是向我自己证明，搅动我心的不仅仅是我对她的欲望，这需要时间。我本想尽可能谨慎得体地向她求爱，来取悦所爱之人，但老天自有安排，它的第一个推手是我们强硬的卫队长。

塞杜·加迪奥在科尔-达梅尔曾救过我一命，他一眼就认出了躺在玛哈姆屋里那具变形尸体边上的步枪。

那把枪是三年前他奉埃斯图庞·德·拉布吕埃之命用来交换一个小女孩的武器。尽管她变了样，长成了女人，但他在乌木树下一看到她，就认出了她的相貌和仪态。男尸是在她屋里被发现的，她或多或少对谋杀负有责任。她很有可能是想复仇，报复那个在他和他的同伴恩加涅·巴斯、埃斯图庞·德·拉布吕埃眼前试图强奸她的人，当时他们三人正在索尔村附近打猎。此外，死者还将她作为奴隶卖掉，换取了一支步枪。因此，塞杜认为没有理由不把这个年轻女子还给她的主人，也就是德·拉布吕埃先生。为了做好这件事，他要带她去见戈雷岛总督德·圣-让先生，总督先生会想办法把她交还给他兄弟。

我向塞杜解释说——但没跟他说玛哈姆是死者的外甥女——这样身量的年轻女子没有力气用他所看到的可怕方式去压死一个男人，凶手是蟒蛇，它才是大家要抓的罪魁祸首。但老战士什么都不想听。

塞杜·加迪奥不习惯被人反驳，当我说我们应该让玛哈姆独自留在班纳时，他甚至发怒了。他愤怒到了极点，用他的步枪威胁我喊道，如果我阻止他履行职责，他就开枪打死我。恩迪亚克设法让他平静了一些。这并没有阻止塞杜向聚集在我们周围的村民宣称，不把玛哈姆留在班纳村是为了他们好，否则会有可怕的报复。不过，村民们已经不耐烦了，他们认为玛哈姆就是他们的老巫医玛-昂塔的化身。村民们抗议说塞杜没有权力把她从他们身边带走。班纳属于卡约尔王国，不属于瓦洛王国。卡约尔的国王，即达梅尔，在佛得角由七名勒布族智者代表，他们每月在约夫村集会一次，主持正义。他们承诺第二天会带着他们的巫医去约夫见七位智者，后者将判断怎么办合适。

带头的村民是桑甘·法耶，玛哈姆治好了他的小女儿，并让他作为信使去索尔引诱她舅舅来班纳。桑甘·法耶并不是职业战士，但他手持标枪，作势要用它来对付塞杜，后者则准备一有借口就向桑甘的脑袋开枪。

在由争吵引起的混乱中，一直保持沉默的玛哈姆突然提高了嗓音，我吃了一惊，因为我原本把这一刻视为向玛哈姆证明我自己的时机。

她喊道："以玛-昂塔的名义，我请求你们听我说。你们是善良的人。在我辅助玛-昂塔的两年里，你们中没有一个人来请求我施展对自己同类不利的巫术。三年前，当我在科朗普萨内森林里游荡时，你们真正的医师玛–昂塔收留了我。她选我作她的弟子。自从她一年前在森林里安息以来，是我，玛哈姆·塞克，成了你们的医师。但我背叛了玛–昂塔和你们的信任。罪恶在你们村里犯下，而我是祸首。邪恶在班纳出现，是因为我的过错。因此，我请求你们让这个人，塞杜·加迪奥，把我带到他认为合适的地方，不要阻止他从我手中拯救你们，是我打破了你们生活的和谐。"

玛哈姆的这几句话足以让村民们平静下来，他们一个个离开，去忙自己的事了。只有桑甘·法耶似乎还在犹豫，不愿遵守她的命令。我撞到了她投向他的目光，那目光最终说服了他，让他放弃改变她的命运。

最终，只剩下我一人想要阻止塞杜·加迪奥带玛哈姆去戈雷岛，去奴隶岛。对她而言，那将是最危险的地方，是惩罚之路的第一步，我已预感到这惩罚将会有多残暴。如果她对我讲述的她与埃斯图庞·德·拉布吕埃之间的经历是真的，我知道，这位塞内加尔租界主管对冒犯者会施加百般报复，尤其当冒犯来自黑人女性。更让我感到心烦意乱的是，玛哈姆总是避免与我对视，似乎她不愿给我一丁点默契的暗示，好让我鼓起勇气反对塞杜·加迪奥。我多么希望她能给我一个坚定的眼神，就像她制止桑甘·法耶行动的那样。我将至少配得上她的斥责，那比她的冷漠要好上一百倍。在当时，我对人生的理解还不够深刻，还不明白玛哈姆的刻意冷漠可能是对我爱意的矛盾表现。当我意识到这一点时，她已来不及用言语向我证实已了然于她态度中的情义，可惜我当时不够敏锐。

我不知道在玛哈姆没有同意的情况下该如何帮她，但我看到了让她免受谋杀惩罚的希望，这个希望来自恩迪亚克。他远离众人，示意我过去。

"听着，阿当松。老塞杜·加迪奥不会改变他的决定。所以我决定去求我的父亲赦免玛哈姆·塞克。根据奴隶法典，她不再属于埃斯图庞·德·拉布吕埃，因为她逃离他的领地已超过一年。我父亲有权赦免她，因为她和巴巴·塞克都是他的臣民。卡约尔国王和在佛得角代表他的七位智者并没有发言权，因为玛哈姆的舅舅来自属于瓦洛的索尔村。因此，我会沿着大洋，从科尔-达梅尔一直到圣路易，快马加鞭地赶往我们的首都恩德尔。我向你保证，在我的快马玛邦达·法勒的帮助下，我最迟七天后带给你回信，不论好坏。你要陪塞杜和玛哈姆去戈雷。对她来说，你寸步不离会好一些。"

　　我觉得这个计划很疯狂，但它是我能抓住的解救玛哈姆的唯一希望。我很感激恩迪亚克，他试图从他并不喜欢的父亲那里争取他执政以来不常施与别人的宽恕。我也很担心我的年轻朋友。这趟行程将置他于险境，恩迪亚克不想有人跟他同行，而我确信，在奔往恩德尔的路上，他遇到的所有战士都会觊觎他的骏马。

　　我对他说了我的想法，他耸耸肩。他不怕，他要借我的步枪。有了枪，没人敢攻击他。

　　"我觉得，有一点对你来说更严重，"他补充道，"我将不得不揭露玛哈姆的真实身份。我得向我父亲解释，她的亲舅舅，索尔村的首领，试图强奸她。只有说出这个可怕的真相，她才能得到赦免。我们将使她的家族公然蒙受耻辱，而根据你告诉我的情况，玛哈姆并不希望这样。如果你救了她，你会使她失去名誉，你会就此失去她，因为她永远不会接受那个将索尔村塞克家族的丑事公之于众的人。"

　　我没有考虑太久。我太爱玛哈姆了，不忍心让她接受可能置她于死地的惩罚，我爱她，只要她活着，哪怕远离我。宁可让她因为我们主动救她而恨我吧，于是我回答恩迪亚克，相比她的家族荣誉，我更想要玛哈姆活着。

恩迪亚克来到塞杜·加迪奥身边，告诉他自己计划去恩德尔请求赦免玛哈姆，但没有透露她的身份。他收集了一些物资，把它们绑在马儿的英式马鞍上，这个马鞍是在梅克赫时卡约尔国王送给他的。然后，他策马疾行。我心情沉重，看着他消失在科朗普萨内森林里。

我认识他的时候他还是个孩子，现在，他长成了男人。我知道，他的做法不可能有任何好结果。出于对我的友谊，他冒险赌上了自己有朝一日成为国王的所有可能。我知道，即便瓦洛王国的继承法不允许，恩迪亚克也会设法获得这个头衔，为他的母亲玛邦达·法勒争光。但是，如果人们得知他千里迢迢而来，是为了请求国王、他的父亲，赦免一个谋杀自己舅舅的年轻女子，人们会嘲笑他，质疑他的理智。还有，如果他是为了自己的利益而进行这次旅行，人们可能会把他的疯狂归咎于年轻。国王可能会以为儿子是一时兴起，想纳这个女子为妾，于是看在这个面子上赦免玛哈姆。这桩事可能会被认定年轻王子情窦初开的露水情缘。歌功颂德的格里奥会把他为拯救女奴免于刑罚而进行的危险旅行传唱成无聊却美好的壮举。就这样，恩迪亚克会开始构筑他权力崛起的传奇，让他的"竞争对手"从心底对他的英勇深信不疑，这是年轻的王位追逐者的首要品质。

当人们得知，他冒这么大的风险，是为另一个男人去求他父亲赦免一个年轻女子，而那另一个男人是白人的时候，他们会怎么看他？难道他不会沦为众人的笑柄吗？同一拨本会歌颂他新生荣耀的格里奥，难道不会立即在他们多少有些神秘的谈论中，把他说成是图巴布们心血来潮的奴才，不配做他父亲的儿子？

当我看着恩迪亚克为了我义无反顾地奔赴失败时，这些想法在我脑海中闪过。

我亲爱的阿格莱亚，在我一生中，朋友不过两三个。我深信，恩迪亚克是唯一一个为我牺牲自己的朋友。我不确定，在类似的情况下，我是否能够为他做同样的事，因为我没有像他那样伟大的灵魂。

## 29

在恩迪亚克出发几个小时后，我们离开了班纳村，那里距离戈雷岛直线不到二里。要过去的话，我们必须乘坐独木舟，起点在一块小沙滩。从贝尔纳湾登船前往戈雷岛并不容易：需要一名向导带我们通过封锁海滩的暗礁。当我们抵达那个地方，一个带路的向导都不在。

这个突发状况让我欣喜，因为它给了恩迪亚克更多时间从恩德尔往返。不过，塞杜·加迪奥可能急于摆脱玛哈姆，迫不及待地想要埃斯图庞·德·拉布吕埃重赏他的忠心，他决定征用一条小舟。这叶独木舟可比平时往返于大陆和戈雷岛之间的船要小得多。就这样，玛哈姆和塞杜乘坐一个由年轻渔夫驾驶的小舟离开了贝尔纳湾，而我不得不等到第二天早上才能去和他们会合。

当我终于登上了戈雷岛，我立刻去拜访德·圣-让先生，他是戈雷岛总督，也是埃斯图庞·德·拉布吕埃的兄弟。

我披头散发，而德·圣-让先生则戴着一顶毫发不乱的假发。我已经快一周没刮胡子了，而他的脸上光光的，还搽了粉。我穿着两天前玛哈姆给我的衣服：一条宽松的白色棉裤和一件带蓝紫黄三色图案、两侧开口的衬衣。如果没有恩迪亚克借给我的骆驼皮便鞋，我就要赤脚走路了。圣-让，他头戴礼帽，身着礼服和短裤，穿着丝质长袜和带银扣的鞋子。独木舟出发前往戈雷的前夜，我在沙滩上睡得很不踏实。尽管有缠腰布护身，我还是遭到了蚊子的袭击，被叮得满脸红疙瘩。圣-让站在总督府二楼的室内阳台上，看到我如此不修边幅，显得很吃惊。

一见到他，我就觉得有必要对他说明，由于时间紧迫，我没能取回我的衣物，它们还留在贝尔纳湾的海滩上。我恳请他原谅我以这身打扮出现在他面前。由于已有几个星期没说法语了，我表达得非常糟糕，而且说话中不由自主地透出的奇怪节奏让我窘迫，母语中夹带着沃洛夫口音让我尴尬不已。

尽管心神不宁，但我还是向他表达了礼节性的问候，在此期间，圣-让并没有摘下他的帽子，他直截了当地问我，是何等急事让我赶到戈雷见他。他可能已经从塞杜·加迪奥那里知道了答案。他正准备上桌用膳，不等我回答，便邀请我一起用餐。当我跟着他走进拥有海景露台的餐厅时，我心想，我的外貌使我自己落于一种下级的位置，这恐怕对玛哈姆的事不利。

让我更加窘迫的是，圣-让的年纪似乎至少是我的两倍。他的个子比我高得多，也胖得多，他有一头金发，而他兄弟埃斯图庞·德·拉布吕埃则是棕发。他松弛的脸上唯一引人注目的，是那双凸起的浅蓝色眼睛，这让他看起来一副心不在焉的样子，倒让我局促不安起来。他那只紧握绣花手帕的左手朝我做了个含糊的手势，示意我在他对面落座。在他的低声命令下，一个黑仆摆好了我的餐具。汤一上来，圣-让立马开始狼吞虎咽，在两口汤的间隙往汤里扔进几大块面包，他大声地吸咽面包，嚼都不嚼就吞了下去。他再没抬头看过我一眼，直到他命人重新倒满酒杯。

伴随着一个和刚才一样含糊的手势，圣-让用讽刺的口气再次问我：

"那么，阿当松先生，我有什么值得您突然大驾光临的？"

　　三年前，我跟兄弟一起从圣路易乘船来戈雷时，圣-让并未对我失礼。可能塞杜·加迪奥已告诉他我对玛哈姆的关心，塞杜的讲述方式以及我悲惨的外表贬低了我在他眼中的地位。如果说我们第一次见面时我还是个正直的、不出名的法国学者，配得上一些爱国者应得的尊重，那么第二次会面时，我只不过是个一身黑人装扮的白人。圣-让属于那种一贯在"上级"面前曲意逢迎、对"下级"却总是冷酷无情的人，现在，我已经无可挽回地降为了他们的"下级"。

　　他的无礼激起了我自尊心的反抗，我无法忍受他问题中浓浓的讽刺意味。提出这个问题本是为了让我气馁，却反倒让我找回了自以为失去的信心。既然他故意选择粗鲁，我决定以牙还牙。至少在这一点上，我们是平等的。

　　"她在哪儿？"我直接开问。

　　圣-让并不打算装傻，他用鞋跟敲了敲地板，答道："在我们脚下。"

　　"对于被指控的罪行，玛哈姆是无辜的。"

　　"啊，她叫玛哈姆……但您说的是什么罪行呢？如果说的是被巨蟒压死的黑人那桩事，根据汇报，我觉得无关紧要。不过，这个黑女人在我兄弟准备照惯例礼节性拜访她时打昏了他。您很清楚，阿当松先生，她并不是无辜的。"

"您打算把她送回给德·拉布吕埃先生吗？"

"这姑娘是个黑美人。我兄弟没有看走眼，您也一样。但自从她差点杀了他，他就没了兴趣。他已经把她转让给了我，只要我能找到她。我打算把她卖到美洲做奴隶。"

说最后一句话时，圣-让转头看向正对大海的露台，我意识到，离岛不远处一定有一艘奴隶船。他准备把玛哈姆也加入他的货舱。

他淡蓝色的目光再次落到我身上，继续说道：

"我要把她卖给我的朋友、路易斯安那总督德·范德鲁伊先生。他喜欢黑人美女，尤其是那些不听话的。如果您心血来潮想要买这个黑女人，要知道，您买不起的。要付清这笔钱，您得抵押房子，如果您在巴黎有房子的话，还得再加上您父母的房子。"

我勃然大怒，倒不是因为圣-让提及我的贫寒家世来表达对我的蔑视，而是因为他竟猜测我想要向他买玛哈姆。这种想法令我厌恶。我忘记了，在他这种人眼里，玛哈姆的肤色天然地将她和大西洋上循环的奴隶贸易联系在一起。这份疏忽让我眼睁睁地被我痛恨的人将我拉回到一个我所厌恶的世界的秩序里。圣-让想把我逼到绝境，在拒绝了我的最后请求时，他彻底成功了。愤怒扼紧了我的喉咙，我提出有没有跟玛哈姆说话的可能。

"不行，阿当松先生，您见不到她了。不能让商品有反抗的理由。她必须顺从自己的命运。"

我猛地抓住了不知何时端上来的装满汤的盘子，正当我准备把盘子扔到他的脸上时，我被人环腰抱住了。他的仆人把我的手臂紧紧地摁在我身侧，简直要把它们压碎了。圣-让示意黑人放开我，从他的座位上起身对我说道：

"您怎么会爱上一个黑女人？是不是因为她让您睡过了？跟我来，我们一起去看她离开。"

## 30

我清晰地听见一艘小艇在靠近，水手们说着法语。他们一边划桨一边唱，歌词类似于"使劲，使劲，小水手，我从洛里昂去戈雷。使劲，使劲，小水手，再从戈雷去圣多明戈"。这首歌并不像我复述的这样简单，但这几句歌词打动了我，在我写作时浮现在我的记忆中。

不知为何，这首本该让我痛苦的歌谣对我来说却是如此珍贵，身陷囹圄的玛哈姆也许能听见它，尽管听不懂歌词，这种可能性似乎将这首歌与我永远地连结在一起了。此刻，她还活着，虽然圣-让在我们之间设置了重重障碍，我依然盼望能救她。她去往奴隶国度的不归之旅，镶嵌在水手之歌的字里行间，对我而言是如此不真实。我爱玛哈姆，我无法相信她将离我而去，被地平线吞没，被美洲吞噬。

正如圣-让用脚敲打地板向我暗示的那样，玛哈姆和其他黑人一起被囚禁在餐厅地板下的囚室里。我被戈雷岛的总督打败了，被他的世界打败了，这世界的力量就像强大的万有引力定律一样不可阻挡，把黑人连同白人的身体和灵魂都拖拽在它身后。

我顿时没了气力，被他的仆人押送着，跌跌撞撞地跟在他后面穿过餐厅。有两座对称的弧形楼梯通向内院，我们沿着其中一座楼梯走下来。在院墙的正中央，在两座通往圣-让内宅（我们刚从那里出来）的楼梯之间，有一扇用大钉子加固的笨重木门。门前站岗的守卫在圣-让的命令下打开了它。一股浓烈的尿骚味扑面而来。里面一片昏暗。守卫进去了，我听见他在奔跑。他打开了第二扇门，它和第一扇门一样沉重，在二十米开外的地方，位于一条狭长通道的尽头，通道两边都是囚室，被高高的栏杆围住。这第二扇门通向大海。新风涌入，吹走了些许地牢里的臭味，光线试图侵入，但里面依旧昏暗。

圣-让用他的花边手帕盖住鼻子，率先进入通道，他目不斜视，径直走到门口。我跟着他，用目光搜寻玛哈姆。我只看到一群黑影聚集在地牢深处，远离围栏。在门外，有一座架在海上的浮桥。圣-让走上了浮桥。

他踩在木板上的脚步声被海浪冲击光滑黑岩的巨大轰鸣声所淹没。仿佛石头的牙齿就要将他咬住。我留在后面，站在桥边，守卫的手抓住了我的肩膀。

水手们已将小艇停靠在浮桥上，刚才正是他们的歌声随风传到楼上圣-让的餐厅，进入了我的耳中。四个佩枪的水手来到圣-让面前，圣-让用食指指向地牢。他们朝我走来，守卫让我退回通道里，因为那扇门每次只能容一人通过。两个水手背着步枪，没和我打招呼就走了进来。他们让守卫在我面前打开第一扇牢门，放出了十几个孩子，这些孩子大多赤身裸体，最大的应该有八岁，最小的可能才四岁。他们两两排开，手牵手鱼贯而行，队伍由一个水手领头，由另一个水手压尾。他们通过了那扇门。我看见他们迈着很小的步子往前走，步伐踉踉跄跄，或许是因为海面反射的强光刺得他们睁不开眼。正午的阳光吞掉了他们脚下的影子。到了浮桥尽头，他们简直轻得像布娃娃，水手将他们从腋下举起，丢向海面，他们仿佛被海水淹没了，因为接应的小艇就隐藏在浮桥最后几块木板的下方，艇上有其他水手接住他们。等他们全部消失，被大洋吞没，守卫打开了关押妇女的牢房。

　　第一个出来的就是玛哈姆。她还穿着被塞杜·加迪奥俘房、从贝尔纳湾出发去戈雷岛时的衣裳。但此时，她在腰间缚了一块淡黄色的布，就是前一天她精心扎在头上的那块。她走出牢房时，我几乎就在她旁边，她照着守卫的命令伸出双臂，以便被牵着前行。光线从朝向大海的门射进来，照在她的左侧，我能看见光线勾勒出她那美丽的侧脸、饱满的额头和鼻子。

　　圣-让想让我见她最后一面。在他的世界里，一个法国人不可能疯狂地爱上一个黑人，或许，他以为把她输给其他男人的怨恨会让我感到痛苦。但他没有想到，最让我绝望的不是别的，是玛哈姆向铁链伸出双臂的姿势，她像祭品一样自我牺牲，听天由命。

　　在一阵本能的冲动中——这次，我身后的圣-让的黑奴也无法阻止，我扑向正要用链子锁住玛哈姆手腕的守卫，将他打倒在地。趁着接踵而至的混乱，我抓住了玛哈姆的一只手，把她拉向我们面前唯一敞开的地方——通向浮桥的门。我们跑了过去，她和我，在那一瞬间紧挨着彼此，我的左手紧紧地抓着她的右手。

　　在持续奔跑的几秒钟里，我感觉自己很幸福。玛哈姆的手握紧了我的手，温暖有力，胜过爱的言语、温柔的眼神或是热情的拥抱，让我想起那些声称濒临死亡又活过来的人所经常描述的感觉。不过，我的脑海中并没有闪过对即将结束的一生的记忆，而是浮现出和她一起生活的幸福而梦幻的图景。那是对尚未来得及绽放的欢乐的直觉感知。那是剔除了幻灭和苦涩的亲密共生，这个世界如此憎恨差异，难免会将幻灭和苦涩投射于我们的爱情。

玛哈姆和我刚刚穿过了不归路之门。

在奔跑中，我撞翻了两个水手，就在我们快要到达浮桥尽头时，枪声响起，它冲我而来。天注定，瞄准我的子弹没打中我。玛哈姆被我们奔跑的惯性带走，没有像我一样趴倒在栈桥尽头，而是落入了水中，身体擦过满载儿童奴隶的小艇船头。我看见她沉入海中，然后又浮上水面，被翻腾的海浪抛到空中，卷向外海。她毫无反应，躺在一团淡红色的泡沫里，泡沫逐渐覆盖她的身体。

我打算跟着她跳下去，不为救她，而是随她赴死，因为她已逝去。我刚想纵身一跃，就被按倒在浮桥的边缘。我伸长脖子，感觉有膝盖压住了我的背，就在那时，在玛哈姆被大西洋捉走的前一刻，我想，我最后一次看见她那被彩虹色气泡裹住的明亮的轮廓。水声汩汩，涟漪阵阵，淹没一切。

# 31

圣-让因失去"商品"而大发雷霆，他只能对我百般羞辱来惩罚我。而我蜷缩在自己的痛苦中，对他的辱骂无动于衷。为什么我要推倒守卫，抓住玛哈姆的手？爱人的生命瞬间逝去，我负有责任。我的鲁莽行为是自私的。我和圣-让一样，也想把她据为己有。为了自证清白，我用我的手拼命去抓住她的手。玛哈姆似乎同意和我一起奔向死亡，同意将我们的命运交织相汇。然而，这是爱的证明吗？我难道没有将自己的情感强加于她吗？她在婚礼进行曲中把手交给了我，最终却以哀乐收场。我的疯狂把她送入了幽冥，如同奥菲欧与尤丽狄茜的故事终章 ①。

――――――――

① 德国歌剧作家克里斯托弗·威利巴尔德·冯·格鲁克（Christoph Willibald von Gluck, 1714—1787）的三幕歌剧《奥菲欧与尤丽狄茜》（ *Orfeo ed Euridice* ），又译《俄耳普斯与欧律狄克》。

诸多矛盾的情绪萦绕着我，苦涩的思绪困住了我，圣-让对我进行的所有贬低都伤不了我。我的心仿佛沙滩上受到惊吓的海龟，把自己封印进壳里，哪怕被扔进火里也决不出来。

等所有奴隶都被装上贩奴船后，我被关进圣-让餐厅下面的妇女囚室，被他踩在脚下。我身处黑暗之中，几小时前，玛哈姆就被囚禁在这个肮脏的地方。圣-让判断得对，这世上最能让我感受到残忍之痛的，无他处，唯有此地。

我感到很难受，浑身燥热。隔壁囚室涌来一股屎尿的刺鼻味道，无疑是关押在那里的孩子们受惊留下的。浸入夯土地面、从墙壁渗出的霉味，尖叫，疯了的女人，从母亲那里被偷走的儿童，为姐妹哭泣的兄弟，默默自我终结的生命，这一切沉淀在一起，让我窒息。我站着，双手抓住牢房的栏杆以免摔进秽物，双脚在上面直打滑。圣-让特意关照不要打扫关押我的囚室。不久，我感觉有老鼠从脚上爬过，想到它们可能咬过玛哈姆，我开始哭泣。

最糟的是，单独面对自己时，我已不再认识自己。我真是昏了头。我为何要以这种鲁莽的方式来救她？我难道不该设法推迟她离去，让圣-让相信我有能力以他给范德鲁伊先生开价的两倍买下她？假如我演上这出戏，表现出对玛哈姆的下流心思，也许最后圣-让会哈哈一笑，因男性的默契而同意我的请求，这又能耗费我什么代价？假如玛哈姆能活下来，这些手段又算得了什么？然而，我没能保持冷静，也没能利用戈雷岛总督的卑劣灵魂行事，当我看到她伸出双手任人戴上锁链，我被情绪冲昏了头脑。

我把她的姿态解读成放弃，接受自己未曾犯下的罪行。她顺从了不能回索尔村的命运，确信家族荣誉已因为自己的过失而无可挽回地扫落一地，她觉得自己为奴是公平的。可她知道大西洋彼岸等待她的是什么吗？她是否跟其他黑奴一样，以为自己会被带进屠宰场，成为当地白人的食物？对于客死他乡，她是否无动于衷？我可清楚地知道，在圣多明戈的甘蔗田和圣-让的朋友、路易斯安那总督范德鲁伊先生的床上等待她的是什么。

圣-让把我关进这间囚室不过半日。不是出于怜悯，而是因为他知道，继续关押我对他没好处。我握有一项优势，能阻止他向法国汇报我试图解救一个所爱黑人的疯狂举动。如果我向他的上级告发他，那风险可就大了。高价贩卖漂亮女奴以谋取私利，这也许不会让他丢掉职位，只要不太过分，戈雷岛的总督们从事这项活动还是能被容忍的。但这可能会危及他的职业生涯。给和他一样位高权重的对手提供一个气急败坏的确凿人证，证实他中饱私囊、损害塞内加尔租界利益，这不是什么好策略。在当时，无论造成的损失有多小，人们都不可能窃取法国国王的财富而不受惩罚。

圣-让定会为自己的多言而懊恼，他向我透露了把玛哈姆卖给范德鲁伊先生的这笔买卖。出狱时他留给我的信让我明白了这一点。他在信中说，我的行为不像一个理性的人，公布我对一个黑人女子的不幸爱情不会为我的学术生涯取得半点好处。他认为，四小时的单独监禁足以弥补我对他造成的损失，惩罚我也是迫不得已，他对此深感遗憾。他必须把我关起来，毕竟要在手下面前做做样子，下面的人很看重他的权威。他总结道，如果我愿意回国后就他对戈雷岛的良好治理写点东西，我们之间就扯平了。所谓"良好治理"是指圣-让给塞内加尔租界带来的收入，主要来自他从岛上汇集和贩卖的奴隶。我在塞内加尔的那个时候，每年约有四百个活生生的人被贩卖。

　　我就这样重获自由了，还没来得及思考自己的悲惨命运。如果在关玛哈姆的地牢里停留更久，我的悲痛中就将混杂一分艰难的前景：我将不得不向我父母解释，我因爱上一个黑人而毁掉了自己未来的学术生涯。无论父亲多爱我，他都不会接受这一点，我也不确定母亲是否会原谅我。

　　圣-让打发我离开戈雷岛，命令我沿着大海岸沿线这条最快的路线返回圣路易。我同意了，因为那是恩迪亚克从恩德尔返回的必经之路。他冒险去那里，在他父亲瓦洛国王面前为玛哈姆辩护。

　　我在大陆靠了岸，与我的武装护卫和挑夫在海滩上重逢。没人知道或想告诉我塞杜·加迪奥在哪儿，还有我的马，它和他一起不见了。他们目光躲闪，也许是觉得我出奇地脏，衣衫褴褛，像疯子一样眼神迷茫。不过，他们觉察到我有寻死的意图，并不打算取笑我。

　　我对自己的外表毫不在意，命令他们带我去大海岸沿线的约夫村。没了恩迪亚克和塞杜·加迪奥，我们只剩八个人。我远远地跟着七个黑人，他们为了等我走得非常慢。在穿越科朗普萨内森林的时候，我拖着脚步，满心悔恨地往前走着，不时地停下。只要看到一棵藏身在棕榈树和椰枣树之间的乌木，我就去检查树下的泥土。或许玛哈姆在逃离埃斯图庞的船只后，正是枕着这地面上的树根等待着死亡？或许就是在这里，她埋下了老巫医玛-昂塔那根裹着红色皮革、镶有贝壳的棍子？玛哈姆的故事碎片涌入我的记忆，想象的地图取代了真实的地图。我从一棵乌木走向另一棵乌木，那是玛哈姆故事中的线路，而不是通往约夫的道路。

在游荡了一天、终于抵达目的地时，我受到了约夫村村长的欢迎，我在第一次去佛得角的时候就见过他。和所有遇见我的人一样，萨利乌·恩多耶看到我时显得很惊恐。我明白，要让大家任由我自己安静地咀嚼痛苦，我必须得像个人样。于是，我脱下玛哈姆给我的那身衣服——我想找人仔细清洗这些衣服，并把它们收进我的行李箱。我洗澡，刮胡子，换装。我仿佛是沃康松①设计的自动机，什么也不想，任凭身体机械行动。我的东道主萨利乌·恩多耶第一眼就发现，这个年轻人

---

① 雅克·德·沃康松（Jacques de Vaucanson，1709—1782），法国发明家，创造了第一个基于生理学方法的人形自动机。法国著名思想家狄德罗在其编撰的《大百科全书》中将沃康松的人形自动机视为安卓（android）的原型。

已不是他从前认识的那个天真、好奇、随和、开朗的年轻人米歇尔·阿当松了。

我变得几乎不说话，很麻木，什么都不关心，连约夫周边自然环境中的花草奇珍也引不起我的兴趣。我没法面对大海，自从它带走了玛哈姆，我是那么憎恶它，甚至担心自己无法坐船回到法国。我一直都晕船，但晕海的痛苦和吞噬我灵魂的内心波澜相比不值一提，我希望返乡后，这波澜能慢慢消退。我想念寒冷，想念湿润的树丛和蘑菇的气味，还有那赋予故乡农村和城市生活以节奏的钟声。

我憎恶全人类，我恨自己。持续的愤怒遮蔽了我对世界的看法，萨利乌·恩多耶有着塞内加尔黑人的睿智，他对我的失礼不以为意，认为这并非出于我的本心。他给我和随从安排了住处，让我可以安静地待在那里。

我花了三晚才缓过来。第四天早上，我们离开约夫村，沿着沙滩前行。从这里，我们可以一直走到北部的圣路易。我自责没有早做决定离开，自私的我已经忘记了恩迪亚克，这样一来，恩迪亚克不得不赶更远的路来和我们会合。

　　如我所想，在离开约夫的两天后，我看到他从海滩远处向我们走来。

　　他步行而来，没有骑马。他那高大而虚弱的身影非常容易辨认。自从我第一次见到他以来，他很快就长高了，但没有变壮。他蓝色的衣服飘拂在身体周围，仿佛一张被风吹起的小帆，在气旋中牵引着他，时而向前，时而向后。他走得很艰难。他用细长的手臂把一个极笨重的棕色物体抱在胸前，这让他蹒跚却顽强的步伐愈发缓慢。我向他跑去，不一会儿，我就能清楚地看见他了。他看起来很落魄，衣服脏兮兮的，他引以为豪的黄色山羊皮马靴上沾满了大片褐色污渍。他怀里抱着的是卡约尔国王在梅克赫村送给他的英式马鞍，仿佛抱着一个熟睡的孩子。

　　恩迪亚克和我面对面站着，相顾无言，不难从对方的脸上猜出彼此的伤心事。

　　我们在科尔-达梅尔的临时村庄重逢，沙滩上耸立着几根从海风中幸存的篱笆。我让随从在沙上铺了一条长席，我们坐在上面，背对大海。恩迪亚克从前一天开始就没吃东西了，此刻他吮吸一段甘蔗来恢复体力，听我说话，我告诉他玛哈姆死在了戈雷。等我讲完，他的眼里噙满了泪水。我们一直沉默，直到恩迪亚克说出令我至今难忘的一席话：

"人生真是奇怪。就在七天前，这个科尔-达梅尔村对我们来说还是个无关紧要的地方。今天，它成了我们所有不幸的源头。在人生路上前行的人会遇到岔路，一些致命的十字路口，往往走过后才会意识到。我们命运里可能的路径都在科尔-达梅尔会合。阿当松，如果塞杜·加迪奥和我选择用担架把你抬到约夫村而不是班纳村，要么你会死掉，要么会有玛哈姆以外的人像她一样把你救活。你在约夫休养期间，在我们之前赶到班纳的巴巴·塞克也许已经被玛哈姆的巨蟒杀死了。如果她有时间让她舅舅的尸体消失在科朗普萨内森林偏僻的一角，或是她院子的地下，班纳村里就没人会知道她的真实身份，塞杜·加迪奥也不会有机会找回他的步枪。玛哈姆将继续活着，而我也就不会徒劳地去恩德尔请求我父亲、那个无情的国王赦免她。"

听到恩迪亚克的最后几句话，我止不住哭了起来。

我们听见身后数以百万计的小贝壳搅动在大海的潮起潮落中，发出巨大的撞击声。随从坐在离我们很远的地方，他们响亮的声浪在扬起飞沙的海风中打转，向我们涌来。

恩迪亚克对我说的这番关于命运偶然性的话让我思量了许久。然后，我问他，他的马去哪儿了。塞杜·加迪奥偷了我的马，他的马也被人偷了？恩迪亚克告诉我，就在那天上午，它在奔跑中倒下了。自从他们离开班纳村前往恩德尔，它几乎一刻不停地奔驰。玛邦达·法勒倒地猝死时，恩迪亚克被抛到了海滩的沙子上，这减轻了他坠马的冲击。他花了天大的力气才卸下了它的马鞍。为了解开扣子，他不得不剖开它的肚子，因此他的靴子上有干涸的血迹。

我知道恩迪亚克有多爱这匹马，他用自己母亲的名字给它命名。他讲述其悲惨结局时的超然态度让我惊讶。

"我不会为这匹马流泪，"他补充道，"就像我不会为自己出生的世界感到后悔。当我请求父亲特赦玛哈姆时，他回答说这不关他的事，如果我坚持要她，只需从德·拉布吕埃手里买回她。噢，我们的讨论并没有持续很久：瓦洛国王的话是不可收回的。由于我仅有的两样财富是我的马和马鞍，我想，一回到佛得角，我就可以把这两样东西卖个好价钱，把玛哈姆买回来。我失去了马，但我还有卡约尔国王的马鞍。我用手抱着它太久了。现在，它对我已经没有用处。我把它送给你，阿当松。"

恩迪亚克说得很平静。他没有开玩笑，他没有像想和我要诡计时那样眨眼睛。他微笑着面对自己未来的新生活。

"我的马为从奴役中拯救一个年轻女子而死，"他继续说，"它死得其所。卡约尔国王花了多少钱把它从白人或摩尔人那里买回来？以十个奴隶为代价？我不该用我母亲的名字来命名这个礼物，这礼物应当让我感到耻辱，而不是激起我的自豪。在见过我父亲后，我就意识到了这一点。因此，我决定离开瓦洛王国，前往卡约尔王国。除了你，唯一知道这件事的是我的母亲。她祝福了我。但我不会去姆布尔或梅克赫，为卡约尔国王的宫廷增添一张无用的嘴。我要去皮尔-古雷耶。我要去那里学习圣书《古兰经》以获得智慧。那里是这个国家唯一禁止买卖奴隶的地方。在皮尔-古雷耶，一匹马买不走像玛哈姆这样的青年男女的自由。我希望伟大的隐士会接受我成为他的弟子。"

说完这些话，恩迪亚克脱下靴子，将右手浸入洁白

的沙中。他抓起一把沙子，在脸上、手上和脚上擦了
擦，作为洗礼，然后站了起来。他低着头，手掌朝天，
向他的神祈祷了许久，一抹夕阳染红了他的后背。

## 32

第二天早上，恩迪亚克不见了。在我和他相遇的那片海滩上，我的随从搭起了营地。我们曾一起吃了最后一顿晚餐，塘火缓缓熄灭，在微光中，他试图慰藉我失去玛哈姆的痛楚。黎明时分，恩迪亚克在我熟睡时不辞而别。一个挑夫对我说，他背对大西洋往东走了，可能是去了皮尔-古雷耶，正如他告知我的那样。

他的离去和玛哈姆的离去一样让我难受。我觉得他似乎也死了。在我的脑海里，他们都去了不真实的世界，去了梦境，那里的交叉路口并没有像我渴望的那样把他们带到我身边，反而把他们引上了离我更远的路。

我感觉头脑空空，对任何事情都提不起兴趣。我不再观察植物、鸟类和贝壳，我本可以在返回圣路易时沿着海岸收集这些东西。我意识到，一片土地，无论多美多有趣，人类如果不用梦想、憧憬和希望来充实它，它就毫无意义。从那时起，猴面包树、乌木树和棕榈树让我重燃对橡树、山毛榉、杨树和白桦树的渴望。我再也无法发现非洲的任何草木花朵。我厌倦了能吞掉人影的非洲太阳的强光。初抵塞内加尔，我被那些美丽的、新奇的、闻所未闻的东西吸引，而此时，那里的人、水果、植物、奇特的动物、昆虫都不再让我惊叹。我怀念晨雾的清新，怀念灌木丛中蘑菇的气味，怀念家乡山中奔腾的湍流声。我一心只想回法国。

回到圣路易岛后，我几乎就没出过门。埃斯图庞·德·拉布吕埃没有要求见我。他的兄弟应该写信告诉了他我在班纳村和戈雷岛上发生的事。德·拉布吕埃一定不愿听我谈论玛哈姆。关于他命令我侦查卡约尔王国的任务，我仅把恩迪亚克留给我的英式马鞍寄给了他。我附了一张简短的便条，向他解释这个马鞍是卡约尔国王的礼物，说明国王在跟法国人打交道的同时也和英国人交易。我不知道埃斯图庞·德·拉布吕埃利用这条信息做了些什么，在我离开塞内加尔的五年后，英国人占领了圣路易和戈雷岛。

埃斯图庞·德·拉布吕埃和我一样急切地希望我返

回法国，他在圣路易堡旁边给了我一个试验花园。不久，我开始尝试在这个园子里引种来自法国的植物和水果，种子是我的两位老师、巴黎皇家科学院的朱西厄兄弟寄来的。多亏这个花园，它将我和法国联系起来，思乡之情不知不觉取代了失去玛哈姆和恩迪亚克的伤感。

我曾因探寻玛哈姆的故事一时中断了植物方面的研究，此时，我又回到了自己最初的爱好，一点点重拾对自然研究的兴趣。我渐渐恢复了工作习惯，最终全心投入了植物学研究，借由工作来忘却旧事。正是在这一时期，我构思了博物百科全书计划，开始夜以继日地将才智投入到这个项目中。

我有了新的挂念，但那黑色的忧郁时不时向我伸出触角。它会突然侵入我的身体，为避开它，我得时刻关注自己的感觉。对玛哈姆的思念一旦出现，我就尽力消除它，消除不了时，我就忽略它。

回法国的五周前，我乘独木舟沿着塞内加尔河进行了最后一次旅行，一直到了帕多尔村，租界在那里有一个奴隶贸易站。我给此行设定了任务：绘制河道至入海口的地图，收集珍稀植物的种子，我打算将其用于国王的花园。驾驶独木舟的黑人水手是渔民，能为法国人充当翻译，我时常叫他们停船让我上岸，或进行地形测量，或狩猎和采集动植物标本。我专心致志地记录下这些动植物，希望能精准地描述它们，我还配上了图，希望能刻印在我的百科全书《博物圈》里。在远离圣路易的这段河道中，河马、海牛等大型动物比比皆是，欧洲水手曾误以为它们是神话中的美人鱼。

旅途过半，并没有发生什么特别的事。逆流很强，船几乎无法开动。与其苦苦等待，我不如把时间花在塞内加尔河的左岸。我在一个黑人水手的陪同下打猎消遣，猎获了不少野兽和禽类。我也没忽视那些奇花异草，摘下它们准备放进我的植物标本集。就这样，我沉浸在这些活动中，终于不再去想玛哈姆，直到一天傍晚，她突然重现在我的脑海中，刺痛我，让我不安。

要知道，人类的所思所想往往是一个或多个感官受到冲击的结果，没有多少想法是由非物质引起的，我明白这个道理，于是我立即寻找是什么导致玛哈姆闯入我的记忆。很快，我发现痛苦的回归不是因为我在这片和索尔村几乎一模一样的丛林中看见了某种动物或植物，而是因为桉树皮被烧焦的气味。玛哈姆对我讲述她的故事时，在班纳小屋的黑暗中，从小陶器的几何形洞眼里冒出阵阵香烟，散发出桉树皮燃烧的味道。想到这里，一阵悲伤的眩晕将我拉向地面。我跪倒在地，当着黑人水手的面痛哭流涕，至今为止，我从未如此过，哪怕在戈雷岛刚刚失去玛哈姆的时候。

就这样，任何一种让我想起玛哈姆的感觉都能控制我！我意识到，只有离开塞内加尔，我才能摆脱回忆的折磨。但在我身处之地，在远离圣路易的河岸上，悔恨、连根折断的爱情、落空的希望将我牢牢困住。对我和玛哈姆来说，我们各自的世界都带有偏见，我们不可能生活在一起，即便她还活着，我们也不能结合，无论是在上帝面前，还是在世人面前。想到这残酷的事实，我停止了哭泣，转而被巨大的愤怒所缠绕。

一种破坏性的狂怒支配着我。为了消除这烧焦的桉树皮味，除了燃起一场冲天的丛林大火，我找不到其他办法。在大火中，这股气息将消失，被千千万万其他草木燃烧的味道所覆盖。

焚烧森林给土地增肥的做法在塞内加尔很常见，陪着我的黑人水手虽是渔民而不是农民，看到我忙着点火烧林也并不吃惊。在他的帮助下，我恐怕点燃了好几公顷的丛林。

　　我们汗流浃背，周围升起的火焰加剧了黄昏的闷热。就这样，我们被自己释放的火焰追赶，一路筋疲力尽地逃到河边，差点来不及登上独木舟。刚远离河岸，就看见一些长长的树干在靠近，它们有着开裂的深色树皮。这是一群黑鳄，它们在这一带集结，前来掠夺燃烧的丛林进贡的烧烤野味。为躲避大火，大大小小、颜色各异的动物纷纷跳进塞内加尔河，在阵阵水花之间，它们一半被烧死，一半被淹死，否则就会被黑鳄或粉红或浅黄的大嘴咬住。

　　天色已黑，我和黑人水手坐在离屠杀现场不远的独木舟上，默默看着火光与水面的交锋。被火花吞噬的树木掉进河里，烟雾从我献给河流的木头和肉身、体液和鲜血的祭品中升起。在这耀眼光线和刺鼻烟雾的混乱中，在这水、火和炙热空气的世界末日中，我觉得自己还是闻到了令人头晕的桉树皮燃烧的味道，尽管我使出浑身解数来消除它。它让我想起玛哈姆。玛哈姆，总是玛哈姆。

## 33

我在帕多尔村待了三天就厌倦了，这场沿河旅行结束后，一回到圣路易岛，我就开始整理物品，准备返回法国。我得把在塞内加尔研究博物学这四年里收集的贝壳、植物和种子分门别类地装箱。整整一个月，这项活动占用了我的全部精力，对玛哈姆的记忆没怎么来折磨我。在离开塞内加尔的前两天，当我在夜里开始整理个人物品时，我想，我的心被我在河上放的火点燃了，它即将化为灰烬。

我发现，在我的两只衣箱中，有一只衣箱的最上面摆着被仔细洗净、折叠好的白色棉布短裤和饰有紫色螃蟹、黄蓝鱼儿的衬衣，在约夫时，我曾命令随从把它们整理好。在那个致命的夜晚，玛哈姆在她家里给了我那些衣裤。衣物依旧散发出我一直不喜欢的乳木果油的味道，我决定保留它们。此生我再不会穿它们，但它们是为数不多的证据，确凿地证明了玛哈姆曾关心过我，悉心照料过我。我扔掉了在科尔–达梅尔发烧时被汗水弄脏的衬衣、长裤和短裤。那些衣服沾上了红色的斑痕，当时，我把洗净的衣服挂在玛哈姆院子的篱笆上，暴雨在上面留下了痕迹。在我房间里蜡烛的微光下，衣服上的斑痕仿佛是凝固的血迹。

　　我把衣服一件一件放在地上挑选，昏暗的烛光照不到箱底，就在快要理到箱子底部时，我的手指触碰到了一个东西，感觉不是布料的肌理。我以为摸到了一条大而无害的蜥蜴——这种阿加玛蜥蜴在塞内加尔被称为"麻尔古亚"，于是我迅速缩回了手。这只麻尔古亚怎么会溜进我的衣箱呢？几个月前，从佛得角的约夫村开始，衣箱就一直没被打开过。我举起蜡烛，发现我摸到的确实是爬行动物的皮，但并不是我一开始以为的麻尔古亚。在跳动的火光中，我被喜悦和恐惧的复杂情绪击中，我看到那张皮被叠得整整齐齐，仿佛还覆在活物身上一般充满光泽，黑色，带有淡黄的条纹，那是玛哈姆的蛇皮。

　　这时我才明白，为何在打开箱子时会有一股乳木果油的味道逸出：多亏了这种植物油膏，玛哈姆才能保持这张皮不干燥、不褪色。涂抹油膏，也可能是她为获取神灵的支持，每天为神灵进行的仪式。这张蛇皮怎么会出现在这里？是玛哈姆把它塞进去的吗？假设她能接触我的箱子，又为何要这么做？

我很感动，这张蛇皮不论以什么方式出现在我的物品中，它是个确凿的证据——胜过在戈雷岛的浮桥上，当我将她拖向死亡时，她塞入我手里的那只信任的手——证明了玛哈姆对我的爱。我心痛地发现，自她死后，我在梦中与她共度的幸福生活并非臆想，这对我而言更为珍贵！原来玛哈姆爱过我！在我不顾一切地在戈雷岛浮桥上救她之前，她是否已对我生了爱意？是在我跟她说，我出于好奇而从圣路易到班纳村找她的时候吗？是因为我倾听她诉说而从不打断她？甜蜜的想法向我袭来，在我面前打开了新的天地，我几乎萌生了幸福感，然而，这份验证玛哈姆情感的惊人证据也阐明了我失去她的残酷事实。

我一心想知道她守护神的皮肤怎么会出现在我的衣箱。我排除了玛哈姆自己放进去的可能，因为她一直被塞杜·加迪奥看管。我也不认为这是她的信使桑甘·法耶所为，当塞杜声称要押她去戈雷岛时，桑甘是唯一一个试图保护她的班纳村民。他没有机会把蛇皮放进我的衣箱，因为我的随从还有恩迪亚克一直看着我的行李。

我想起塞杜·加迪奥是如何声称在丛林里发现玛哈姆的足迹，于是，对揭开谜底有了一丝头绪。如果真如这位战士所说，她故意将一根棍子拖在地上，好让他在那棵乌木树下轻易地发现她，如果性格倔强的他依然给了玛哈姆一些时间掩埋老巫医的棍子，那么，他难道就不可能因为害怕让这个如此强大的女人不悦，于是又答应了她一笔交易？塞杜接受了玛哈姆的要求，不是因为她保证不逃跑，而是由于畏惧他所相信的神秘报复，就这样，他同意把她图腾的皮肤藏在我的衣物中。此时回想起来，这位战士执意要把玛哈姆带到戈雷，应该也是遵从了玛哈姆的命令。他冲我发火，是因为他惧怕这个驯养蟒蛇来对付男人的年轻女子。塞杜是我随行人员中唯一能接触箱子而不引起怀疑的人。

第二天一早，我向城堡守卫打听塞杜·加迪奥的消息。我想知道他是否应玛哈姆的要求把蛇皮藏进了我的箱子。我也希望他告诉我玛哈姆的原话。时间紧迫，隔天我就要回法国。但我被告知，他已经很久没在圣路易出现了，甚至连他形影不离的跟班恩加涅·巴斯也不知道他在哪儿。

就这样，不管是怕我要他解释为何执意把玛哈姆押去戈雷，还是怕我要他归还偷走的马匹，这个老战士塞杜·加迪奥没有再回圣路易岛。他或许直接回恩德尔了，他监视我和恩迪亚克，是履行对瓦洛国王的使命，而非效力塞内加尔租界主管。我几乎可以确定，身为瓦洛人的塞杜在离开佛得角之初和我走的是同一条路线，沿着大海岸的海滨而行，但后来他转向东北，去了恩德尔，没有去通知埃斯图庞·德·拉布吕埃我的不幸遭遇，这倒也说得通。这么想来，我觉得不见他也没什么不好，因为当我听到由塞杜·加迪奥复述的玛哈姆的遗言，无论她说了什么，我都可能会受不了。

启程回法国前几个小时，我去向埃斯图庞·德·拉布吕埃辞行，他冷淡地接待了我。法语有一种优势，可以让人在形式上履行礼貌的义务而不必投入同等的用心，而且这不会被视为直接的冒犯。因此，我用和他一样礼貌而冰冷的语气向他汇报，在我逗留的最后时期，在他分给我的试验花园里，我的种植取得了成功。园子里，欧洲的蔬菜和水果长得很好，证明塞内加尔河附近的土壤有利于各种作物。如果我有时间和意愿，尤其如果他以开阔的胸襟鼓励我，我本可以在我简短的农业汇报中做个补充，说成千上万名被塞内加尔租界送往美洲的黑人更适合留在本地耕种土地。甘蔗在塞内加尔长势喜人，能产出法国亟需的糖，比在安的列斯群岛搞种植更有利可图。埃斯图庞·德·拉布吕埃是最后一个听到我发表这番言论的人。在回到巴黎的四年后，我才在我出版的游记里再次提到了这一点。的确，我的想法与一个多世纪以来靠百万黑奴贸易致富的世界格格不入。于是，我们不得不继续吃浸透了黑奴鲜血的糖。黑奴们有理由相信——也许今天仍旧相信——我们把他们押送到美洲，是为了像吞噬牲口一样吃掉他们。

## 34

一七五三年底，我义无反顾地离开塞内加尔返回法国。一七五四年一月四日，在抵达布雷斯特港时，天寒地冻，我为国王花园准备的树苗和种子都被冻坏了。一只我以为能适应巴黎气候的黄绿色羽毛鹦鹉也死了。我的心也结了冰，我不再是以前的我。几个月前，父亲去世了，知道已无法向他和母亲解释自己为何如此消沉，我愈加悲伤。

我无人可以倾诉，亲友们都将这消沉归咎于非洲之行的疲惫。我最终只能将悲伤深埋心底，别无他法，将全部精力用于探寻给生物分类的普适方法，我以为这会让我的痛苦就此消失。

我以为自己逐渐抚平了对玛哈姆的追念，如同其他治疗情伤的年轻人一样。说实话，对植物学的爱重新占据了我的心，我发现，在我头脑难得空闲的时刻，特别是在晚上入睡前，玛哈姆的形象出现得越来越少。偶有时刻，在被悔恨侵袭时，我就打开我的塞内加尔宝箱，摸一摸她图腾蛇的皮肤。我本该好好保存它的，却没做到，我看它变得干燥，原本令人赞叹的两种颜色，乌黑和近似于葫芦肚子的浅黄都失去了光泽。渐渐地，这张蛇皮不再向我诉说玛哈姆的故事。无论是蛇皮还是玛哈姆，似乎都扛不住巴黎的气候和它的理性氛围。

有时候，当心灵不再如往日一般用情感和关切来滋养某些记忆，记忆就会枯萎，宛如一株娇嫩的植物失去了叶片。也许是因为内心被源自另一个世界的渴望所吸引，这个世界和它所离开的世界在习俗和生死表达上差异太大，距离太远。我不再讲沃洛夫语，这门语言在我的梦境里也不复出现。要知道，在我刚从塞内加尔回来的几个月里，沃洛夫语曾是我梦境的语言。语言和玛哈姆仿佛联系在一起，我和玛哈姆共享的这门语言越是被我的头脑所遗忘，玛哈姆在我的回忆和梦境里就出现得越少。

我第一次背叛玛哈姆，是把她的图腾蛇皮肤赠给了艾昂公爵，路易·德·诺阿耶，我还把一七五七年出版的《塞内加尔行纪》献给了他。我认为，比起我的书，他更喜欢图腾蛇皮肤这份令人叹为观止的礼物。有人告诉我，他会从他的珍品陈列柜里拿出蟒蛇皮，在府邸的餐厅里把皮完全展开，这会让他的宾客们倒胃口，而他以此为乐。他给蟒蛇皮取名"米歇尔·阿当松之皮"，且由于我对获得它的方式一直含糊其辞，他毫不迟疑地声称是我杀死了这条巨蛇。但他指明，考虑到它的大小，若无十名经验老到的黑人猎手相助，我不可能成功猎杀此类怪物，它们是唯独非洲的大自然才能孕育出的怪物。

现在，我羞愧地承认，时光从我的记忆中一点一点地抹去了玛哈姆美丽的脸庞，我最终将对她的感情视为一种不可告人的爱欲痴狂，一种无足轻重的年少荒唐。我对学术的雄心变得如此贪婪，我为之毫无悔意地牺牲了玛哈姆。我成了追逐认可和荣誉的囚徒，被我的同僚称为塞内加尔专家，我为殖民地办公室发表了一份说明，介绍在戈雷进行奴隶贸易对塞内加尔租界的好处。

我做出假设和论证，列出有利于我这卑鄙交易的各种数据，这违背了我的信念，它们已被埋在我的灵魂深处。我沉湎于植物研究，受制于一系列细小的妥协，只盼着有朝一日能出版我的《博物圈》，期待它为我带来荣誉，我已看不见代表奴隶制现实的玛哈姆。换言之，在我眼中，我将这一现实掩藏在一套财务的、抽象的收益论证背后。此时此刻，可以说，在写下这份鼓吹戈雷岛奴隶贸易的说明时，我第二次杀死了玛哈姆。

我父亲曾答应让我不进教会，唯一的条件是我得成为一名院士。我用一份神圣的职业代替了另一份，作为一名世俗的虔诚信徒，我全心全意地遵循植物学的秩序。我自愿遵循诺言，一天，我获得了写作的力量，代价是牺牲对一个年轻女子的爱，而几乎在爱上她的同一时刻，我就永远失去了她。

我马上会在笔记中告诉你，阿格莱亚，在玛哈姆去世的五十多年后发生了一件事，它重新激活了我极度痛苦的爱的回忆，尽管我的记忆遭遇了漫长的沉睡。

当我娶你母亲的时候，我亲爱的阿格莱亚，玛哈姆在我心中已不复存在。让娜比我小得多，我不得不说，在我们结婚初期，她让我恢复了生机。我敞开心扉，迎合她对戏剧、诗歌和歌剧的喜好。大约在你出生前一年，你母亲甚至设法让我脱离了工作。格鲁克的歌剧《奥菲欧与尤丽狄茜》首演之夜，她把我拖去了王宫剧院，一七七四年八月二日，我记得很清楚。

　　当时，我努力在对你母亲的爱和我的学术抱负之间找平衡。正是她的活力在一七七〇年帮助我战胜了失意，那时，我眼睁睁地看着皇家花园本属于我的职位被授予一个剽窃者，一个植物学暴发户，我前导师贝尔纳·德·朱西厄的亲侄子。一七七二至一七七三年间，也正是你母亲，使我在我们位于新博蒂尚街的家中连续两年开设的博物学课程更具吸引力。她在社交关系上的自如是我所不具备的。你母亲先于我认识到，若无宫廷里得势的人物支持，我便没有机会出版我的《博物圈》。若不是我每次都在你母亲为我引荐之时对运气背过身去，她的交际和机敏应该会得到回报，幸运之神也将眷顾我。

　　一七七四年八月的那个晚上，我很高兴你母亲带我去看歌剧。我们的位置很好，在艾昂公爵的包厢里。艾昂公爵是科学和艺术的资助人，我将我的《塞内加尔行纪》献给了他，把玛哈姆的蟒蛇皮也送给了他。不需要太强的洞察力就能猜到，他频繁出现在我的植物学课上只是为了向你母亲献殷勤。路易·德·诺阿耶知道她喜欢歌剧，想要取悦她，于是把他在王宫剧院的包厢借给我们。

　　我们去迟了，原因我忘了，可能是我的错。乐池里的乐队已经完成了调音。当我们到达包厢时，观众席上一片寂静。几支观剧镜转向我们。大厅里灯火通明，我感觉很不自在。我往座位后面缩着身子，而你母亲则上半身前倾，隔壁包厢里的人只能看到你母亲。我记得她的脸被舞台上空悬挂的吊灯里的数千支蜡烛照亮，第一幕戏已准备就绪。布景上画着一片树丛，树下是纸板做的大理石墓。几个牧羊人缓缓将鲜花撒在尤丽狄茜的墓上。然后，在合唱团悲鸣之际，奥菲欧出场了，哀悼他爱人的死亡。

在格鲁克绝妙音乐的烘托下，舞台上升起令人心碎的歌声，你母亲沉浸其中，不时转向我，脸上映出人物的情绪。说实话，与其说是歌剧人物情绪的反映，倒不如说是来自她内心深处的一系列表达，仿佛尤丽狄茜和奥菲欧不时地将她围困，抓住她的灵魂，在她眼中闪现。

爱神被奥菲欧的哀求所感动，向众神之神朱庇特求情，让色雷斯王子去冥界寻找他的尤丽狄茜。威严的朱庇特同意了，但提出了一个不可能的条件，奥菲欧在往生的路上不得朝尤丽狄茜回头。

奥菲欧下到冥界，握住尤丽狄茜的手。悠扬而空灵的笛声从小提琴的旋律中突显出来。但尤丽狄茜拒绝跟随奥菲欧，因为后者没有看她。她不明白为何爱人在分开这么久后不去寻找她的目光。奥菲欧还爱她吗？他难道惧怕死亡使她容颜尽毁吗？尤丽狄茜为此痛苦，她抽回了被奥菲欧抓住的手。"你不再紧握我的手了！/什么？你逃避自己曾如此珍视的目光！"可怜的尤丽狄茜不知道，为了让她复活，朱庇特强加给了奥菲欧什么可怕的条件。爱人的担忧使奥菲欧愁苦。于是，奥菲欧违逆了朱庇特那令人难以承受的命令，他向尤丽狄茜转身，以证明自己依然爱她。尤丽狄茜随即像幽灵般消失了，冥界将她收了回去。小提琴声大作。合唱团齐声尖叫。奥菲欧陷入绝望。

奥菲欧劝说自己去死，这是他和尤丽狄茜长相厮守的唯一机会。在神话中，奥菲欧最终为了和他的尤丽狄茜在冥界重逢而自尽，格鲁克却不希望这样。在轻柔的小提琴与温和的笛声构成的结尾中，爱神复活了尤丽狄茜，从而将奥菲欧从死亡中拯救出来。

我看见你母亲在三幕剧期间哭泣，有时因为悲伤，有时因为喜悦，而我永远也忘不了她将美丽的脸庞完全转向我时那带着泪光的微笑。我将她的右手握在我的左手中，微微握紧。

　　时光荏苒，将你母亲和我分开。如果说有什么能证明我们曾彼此相爱，那就是你，阿格莱亚。你有着阿芙罗狄忒信使的名字，她是美惠三女神中最年轻、最炫目、最美的那个。你应当感谢你母亲为你取了这个名，她喜爱这些美好的希腊神话，尽管我本人长久以来都未能分享这份兴趣，却一直十分欣赏。有你们二人相伴，我本该很幸福，可叹植物学夺走了我应赋予你们的时间和爱。这门学科是我专横的情妇。她用妒火将我周遭一切焚尽，却仍不肯放我离开。

　　自我开始为你写这些文字，阿格莱亚，我相信自己已经成功地从她的控制中解放出来。但说实话，直到去年四月，我才开始摆脱出版博物百科全书的执念，在那不久前，将一百二十卷丛书完整出版的终极尝试最终以失败告终。

　　我给皇帝写了一封信，请他作我《博物圈》的赞助人。他回了信，承诺给我三千法郎奖金，在我看来，这是对一位老院士最后的突发奇想的施舍。我想拒绝，因为我不求额外的补助金。我把我的决定告诉了我的朋友克劳德-弗朗索瓦·勒乔扬，他极力说服我接受这笔小小的皇家赠与，因为我的拒绝将使他处境微妙，是他利用自己的关系让皇帝屈尊看了我的信。"一笔好处会带来其他好处，"他不断对我重复，"皇帝终会理解您的百科全书的益处，它将使法国的科学在欧洲大放异彩。"

　　这番话，是一八○五年四月四日勒乔扬在他家里招待我时说的。我接受了他的邀请，让他得以宽慰我在出版方面的无数次失望。克劳德-弗朗索瓦·勒乔扬是为数不多的被我视作朋友的院士同僚。但当我发现他寓所的前厅聚集了相当多的宾客，其中不乏我相识的人，我感到极其失望。盖塔，我的死对头，也在其中。拉马克也在。我还以为他只邀请了我。勒乔扬设宴周旋，为了当选新皇家科学与艺术研究院终身二级副秘书长，他扮演着新老学术界调停人的角色。

　　用勒乔扬的话说，他邀请这十几位宾客是为了表达对我的敬意，在把我介绍给众人后，他拉着我的胳膊，把我领到通往大客厅的双扉门门口。大家跟着我们，包括盖塔和拉马克，他们刚刚和我郑重地打了招呼，几乎是真诚的，没有一丝我预想中暗藏的嘲讽。然而，我刚往客厅里走了几步便突然愣住了。

当时，一位夫人正在恭维我，而我看都没看她。见我面色苍白，勒乔扬打断了她的话，向我介绍那个猛然攫取我注意力的女人。见到她，我即刻感觉自己的心缩成了一团。他对我讲述自己是如何得到她主人的许可，让她出现在客厅里，而我基本没听他说话，我感觉，许久以来被我抛弃在幽冥深处的玛哈姆回来了，正悲伤地凝视着我。

那是一幅画。一位黑人女性的巨幅肖像。她身着白裙，裹着白色头巾，坐在一张覆盖着深蓝色天鹅绒布的扶手椅上，一只乳房裸露着，半侧脸朝向我。勒乔扬让人把肖像挂在客厅正对入口的那面墙上。一开始，我忙着和其他宾客打招呼，没能注意到。直到我抬头看他把我带到哪里时，她跃入了我的眼帘。

勒乔扬洋洋得意，自以为把我带回了我一生中最辉煌的时期。多亏他，我才有了"塞内加尔朝圣者"的绰号，而我毫不谦虚，没怎么挣扎就接纳了这个诨名。一七五九年，勒乔扬在著名天文学家尼古拉-路易·德·拉卡伊①的指导下进行科学考察，曾在塞内加尔短暂地停留过。这趟旅行旨在观测哈雷彗星在"大岛"——马达加斯加上空的轨迹，但观测失败了：在预告中彗星经过的那晚，云层让它逃脱了科学家们的望远镜。不过，勒乔扬善于利用一切，热衷于讲述他五十年前旅行的旧片段。他以识别出沃洛夫族女性美貌的突出特征为荣，虽然他逗留的时间很短：

"好好看看她，阿当松。您不觉得她很像我和您在塞内加尔见过的那些女人吗？"他再三对我说。

他告诉我，她名叫玛德莱娜，来自瓜德罗普，是他在昂热的友人伯努瓦-卡维家的女仆，他们在一艘戈雷岛来的船登岸时买下了她。她当时才四岁，对家乡毫无印象。但她的面庞代言了一切。勒乔扬确定她是沃洛夫族人。

"阿当松，您是否跟我一样认为她是沃洛夫族人？"

---

① 尼古拉-路易·德·拉卡伊（Nicolas-Louis de Lacaille，1713—1762），法国天文学家。1750年至1754年间，他远航至好望角，确定了近万颗星星的位置。他从南非观测月球、金星、火星得到的数据有助于精确计算出星体的距离。1763年，他出版了《南半球星空图》。

他的客人都看向黑女人玛德莱娜的肖像，而勒乔扬，在众目睽睽之下，没留给我回答的时间。我喉咙发紧，根本无法作答。

他在昂热的朋友，伯努瓦-卡维家族，有一位女性亲属名叫玛丽-吉耶曼·伯努瓦[①]，是个天才画家，她为他们美丽的黑人女仆画了这幅肖像。在得知勒乔扬想把这幅画挂在客厅墙上向米歇尔·阿当松致敬时，主人毫不犹豫地请画家把画借给他。玛丽-吉耶曼·伯努瓦只肯和她的画分开两天。

"所以，阿当松，正如我一直以来对伯努瓦-卡维一家所说的那样，您是否也确认，玛德莱娜不是班巴拉族人，而是沃洛夫族人？"

我已回过神来，回答勒乔扬说是，显然，画像上的年轻女子是沃洛夫族人，我甚至认识一个酷似她的女子。同样修长的脖颈，同样高挺的鼻子，同样的嘴……

我来不及说出玛哈姆的名字。勒乔扬一心想要取悦

---

[①] 玛丽-吉耶曼·伯努瓦（Marie-Guillemine Benoist, 1768—1826），法国新古典主义画家。1794 年，奴隶制被废除，1800 年，玛丽·吉耶曼·伯努瓦在沙龙里展出了一幅黑人肖像画《玛德莱娜肖像》，这一形象成为妇女解放和黑人权利的象征。自 1818 年后，该画像一直收藏在卢浮宫。

我，已经拉着我和他的其他客人走向几排座椅，这些座椅在几台乐谱架周围被摆成了半圆形。我被安排在第一排的扶手椅上，一坐下，我发现在前厅心不在焉地打过招呼的年轻女子正是歌剧演员。她优雅地向我做了自我介绍，并宣布她将在小提琴、大提琴、双簧管和长笛的伴奏下演唱格鲁克的《奥菲欧与尤丽狄茜》第三幕第一、二场的选段。

这不是单纯的巧合：我曾将向勒乔扬坦言，除了格鲁克的这部戏，我这一生从未听过其他歌剧。因此，他那天设法在家里安排了这出歌剧选段，像是要趁我活着的时候向我证明他对我的深厚友谊。

乐队为女歌手的第一首歌奏响前奏，此时，我不得不承认，我感激勒乔扬组织了这场音乐会，因为我以为在音乐持续的这段时间里我都能摆脱自己的情绪。可我错了。当女高音歌手开始转调歌唱尤丽狄茜的哀叹时，我崩溃了，她为奥菲欧下到冥界却不敢看她而痛苦。在演奏者身后，我隐约看见了玛德莱娜的画像，我被想象的谵妄所控制，感觉玛哈姆借着女高音的嗓音在责备我对她的遗忘。我觉得玛哈姆远在天边，又近在咫尺，在画像中若隐若现。我想象她脸上的表情，和尤丽狄茜一

样，她终于因奥菲欧回头看她而感到幸福，却在死亡重
新抓住她的那一刻突然明白了爱人故作冷漠的含义。这
短短的一瞬，这悬于生死间的时刻，我曾和玛哈姆共同
经历过。我是她的奥菲欧，她是我的尤丽狄茜。不过，
不同于格鲁克歌剧的大团圆结尾，我无可挽回地失去了
玛哈姆。

记忆的潮水将我淹没，几十年间，为了保护自己不
被这残酷的记忆所伤害，我把它们抑制在幻觉的堤坝
后。我看见女歌手的眼睛被泪水润湿，她则发现一位老
人在她面前如此狼狈。

我曾想尽一切办法逃避，但我和玛哈姆在戈雷岛的
浮桥上，在我们短暂逃出不归路之门后所感受到的那种
痛苦又完完整整地出现在我面前。我随即意识到，绘画
和音乐能够向我们揭示自身隐秘的人性。通过艺术，我
们有时得以打开一扇秘密之门，它通向如地牢深处般漆
黑的生命至暗之处。而一旦此门大开，我们的灵魂深处
就会被透过的光芒照亮，所有关于我们自身的谎言都将
无所遁形，一如非洲的艳阳高悬于头顶之际。

我亲爱的阿格莱亚，我留给你的故事进入了尾声，

我的生命也即将终结。在写完我的笔记之时，我大胆地希望你能发现这些被收进红色山羊皮包里的笔记本，它就藏在我为你选择的地方。某一天，你能否在木槿花抽屉里找到它们？这份不确定性将折磨我直至死去。我认为，考验你的忠诚是必要的。我相信，它能保证你理解我生命中所有的秘密关联。

如果你愿意继承我的遗物，你还会在木槿花抽屉里找到一条从塞内加尔带回的蓝白玻璃珠项链。我请你去一趟昂热或巴黎，去玛德莱娜所服务的人家，以我的名义把这条项链送给她。克劳德-弗朗索瓦·勒乔扬会给你地址。如果他拒绝——我想他有可能会的，那就给他一两个我收藏的贝壳作为交换。他知道如何利用它们去赢得他觊觎的研究院职位。

被运往美洲的年长的非洲人偶尔会把家乡的几粒植物种子放进小小的牛皮包裹里带走，玛德莱娜跟他们不同，她可能什么都带不走。她从塞内加尔被掳走时年龄尚幼。我的名字和我本人对她来说都没有意义，我请求你在这条廉价的玻璃珠项链之外再加上一枚金路易，钱币就在同一个抽屉里。如果她愿意，就让玛德莱娜花了这枚金路易庆祝一番，以此纪念一位年轻人，他从未真正走出那趟塞内加尔之旅。玛德莱娜看起来多像玛哈姆啊！替我去看看她。和她谈谈，或者什么都不跟她说。去见她吧，你会理解我的！

　　玛德莱娜讨厌她的画像。她没有在画中认出自己，在她看来，这幅画将为她的余生带来厄运。见过这幅画后，男人们盯着她看，仿佛想要剥光她的衣服。最粗鲁的人试图触摸她的乳房。甚至伯努瓦先生，她的主人，也擅自这么做过。夫人在嫉妒中猜到了这一点。

　　自从她为女画家，也就是伯努瓦先生的嫂子摆了姿势，一些怪事就发生了。仿佛这幅画自己会说话，它对着那些用目光发问的人胡言乱语。昨天，一位夫人过来，送给她一条劣质的非洲项链和一枚金路易，让她为死去的米歇尔·当松 ① 或类似名字的人喝上一杯。她拒绝了劣质项链和金路易。她既不能被出售，也不能被收买。此外，命中注定：她永远属于伯努瓦-卡维家。人

①　此处及之后的几处人名均为玛德莱娜的误记。

们解放了她，但她并不自由。

那位夫人非常坚持。这不是施舍。这条项链和金路易是为了遵循她父亲的遗愿，他曾去过非洲。在去世之前，他看到了她的画像。她看起来就像某个叫玛哈或类似名字的人的翻版。玛哈是一个年轻的塞内加尔女人，米歇尔·当松年轻时曾爱过她。

玛德莱娜拒绝了。她不想要属于另一个人的礼物。如果说米歇尔·当松认错了人，这不是她的过错。那位夫人带着她的宝贝哭着走了。活该，她用荒谬的问题折磨她，把自己给问哭了。关于塞内加尔，她什么也不记得，也什么都不想知道。她从非洲被带走时还没有记忆。有时，海面上太阳的强烈反光和一些歌曲的片段会回到她梦中。仅此而已。

她的家，不在塞内加尔那边，她的家，是瓜德罗普的卡佩斯特雷。她希望伯努瓦-卡维一家快点下决心回到他们的庄园。她尤其希望他们把她的画像留在法国，这样，在卡佩斯特雷，就没人会看见她露着乳房，被挂在主人家的墙上。

在她的家乡卡佩斯特雷，她只认识一个记得一切的老人。那是老奥菲欧，在他喝多朗姆酒的日子里，他对愿意听他讲话的人说自己叫玛库，来自非洲一个叫拉普尔或类似名字的沙漠。他刚来种植园时，伯努瓦先生的父亲给他取名叫奥菲欧，后来为了取笑他，人们私底下管他叫玛库·拉普尔。喝醉的时候，他总是说，自己之所以成为奴隶，是因为在很小的时候被一个白魔鬼的邪恶眼睛盯上了。

玛库坚信，正是当他还是小孩的时候，他在故乡非洲的村子里扯了一个从天而降的白人的头发，才导致他和他姐姐被绑架！玛库·拉普尔赌咒说，在船启程开往地狱、他们即将分开之前，姐姐及时告诉了他这件事。当时他八岁，姐姐十二岁。他什么都没忘。喝醉时，他会用嘶哑的声音反复说道，他不该在小时候抓住白人的红头发，他正是因此才成了奴隶。红头发是魔鬼的标记。

别人嘲笑他，但我，玛德莱娜，我笑的原因跟他们不一样。我发笑是因为不想让自己因奥菲欧的疯话而哭泣。